Raa

Niemand schreibt erste Sätze wie die Petruschewskaja: »Es lebte einmal ein Vater, der seine Kinder nicht finden konnte.« – »Eine Frau hasste ihre Nachbarin.« – »Es war einmal ein sehr dickes Mädchen, das nicht ins Taxi passte.« Und das ist nur der Anfang. Petruschewskajas Geschichten führen mitten hinein in die Welt des Unheimlichen, Spukigen, Monströsen. Sie verbindet Alltägliches mit Absurdem und ist dabei vor allem eines: unendlich komisch. Neunzehn russische Schauergeschichten zum Entdecken und Wiederentdecken der großen russischen Autorin.

 *Ljudmila Petruschewskaja*, 1938 geboren, stammt aus einer Moskauer Intellektuellenfamilie, die vom russischen Staat über drei Generationen zu »Volksfeinden« erklärt wurde. Sie studierte in Moskau Journalistik, schrieb fürs Radio und fürs Fernsehen. In den Sechzigern begann sie, Prosatexte und Stücke zu schreiben, die Jahrzehnte nicht erscheinen durften. Sie wurden unter der Hand verbreitet und machten sie zu einer der populärsten Figuren des russischen Undergrounds. Heute zählt sie zu den bekanntesten Autorinnen Russlands. Sie wurde vielfach ausgezeichnet, unter anderem mit dem Puschkin-Preis. Für den vorliegenden Band mit Schauergeschichten hat sie den World Fantasy Award bekommen. Die Petruschewskaja lebt in Moskau, wo sie als Autorin und Sängerin auftritt.

ES WAR EINMAL EINE FRAU, DIE IHREN MANN NICHT SONDERLICH LIEBTE

Russische Schauergeschichten von
Ljudmila Petruschewskaja

Aus dem Russischen
von Antje Leetz

Berliner Taschenbuch Verlag

2. Auflage November 2010

Deutsche Erstausgabe | November 2010 | BvT Berliner Taschenbuch Verlags GmbH, Berlin | © Ljudmila Petruschewskaja | Für die deutsche Ausgabe | © 2010 Berlin Verlag GmbH | Vermittelt durch die Agentur Goumen & Smirnova (www.gs-agency.com) | Umschlaggestaltung: Roth-fos & Gabler, Hamburg, unter Verwendung einer Illustration von João Fazenda (www.joaofazenda.com) | Autorenfoto © Annastasia Kazakova | Satz: psb, Berlin | Druck und Bindung: CPI – Clausen & Bosse, Leck | Printed in Germany | ISBN 978-3-8333-0717-1 | www.berlinverlage.de

Editorische Notiz

Die Zusammenstellung der hier versammelten Schauergeschichten von Ljudmila Petruschewskaja folgt dem amerikanischen Band *There Once Was A Woman Who Tried To Kill Her Neighbor's Baby. Scary Fairy Tales* (Penguin Books, 2009), ausgewählt von Keith Gessen und Anna Summers.

Im russischen Original wurden Ljudmila Petruschewskajas Geschichten erstmals in *Novy Mir, Ogonyok, Literaturnaya Gazeta* und anderen Literatur-zeitschriften veröffentlicht.

In deutscher Übersetzung erschienen die Geschichten *Der Vater* und *Das Kohlkopfmütterchen* zunächst in dem Band *Der Mann, der wie eine Rose roch* (Frankfurt a. M., 1993). *Die Hand, Die Rache, Geschichte von Sokolniki, Der Gruß der Mutter, Hygiene, Die neuen Robinsons, Gott Poseidon, Der Schatten des Lebens* sowie *Zwei Reiche* erschienen in *Auf Gott Amors Pfaden* (Berlin, 1994). *Mari-annes Geheimnis* erschien in *Die neuen Abenteuer der Schönen Helena* (Berlin, 1998), *Das Wunder* und *Der schwarze Mantel* in *Der schwarze Mantel* (Berlin, 1999). Sie alle wurden für diesen Band neu durchgesehen. Die Geschich-ten *Die neue Seele, Mein Liebster, Das Haus mit dem Springbrunnen, Da ist je-mand in der Wohnung* sowie *Das Vermächtnis des alten Mönchs* liegen mit diesem Band erstmals auf Deutsch vor.

INHALT

DIE HAND

Ein Oberst erhielt im Krieg von seiner Frau einen Brief, sie würde sich sehr nach ihm sehnen und bitte ihn zu kommen, denn sie habe Angst, sie müsse sterben, ohne ihn noch einmal gesehen zu haben. Der Oberst bemühte sich um Urlaub, er hatte gerade einen Orden bekommen, und man ließ ihn für drei Tage ziehen. Er nahm das Flugzeug, doch eine Stunde vor seiner Ankunft starb die Frau. Er weinte, begrub seine Frau und setzte sich in den Zug, als er plötzlich merkte, dass sein Parteibuch verschwunden war. Er durchsuchte alle Sachen, kehrte zu dem Bahnhof zurück, von dem er abgefahren war, alles unter großen Schwierigkeiten, doch er fand nichts und kehrte schließlich nach Hause zurück. Dort schlief er ein, und nachts erschien ihm seine Frau, die sagte, das Parteibuch liege bei ihr im Sarg auf der linken Seite, es sei herausgefallen, als der Oberst sie geküsst habe. Außerdem sagte sie ihm, er solle das Leichentuch nicht von ihrem Gesicht heben.

Der Oberst machte es so, wie die Frau es ihm gesagt hatte: Er ließ den Sarg ausgraben, öffnete ihn, fand an der Schulter seiner Frau das Parteibuch, aber er konnte sich nicht zurückhalten und hob das Tuch von ihrem Gesicht. Die Frau lag da wie lebendig, nur auf ihrer linken Wange saß ein Wurm. Der Oberst schnippte den Wurm weg, deckte das Gesicht der Frau mit dem Tuch zu, und der Sarg wurde erneut vergraben.

Jetzt blieb ihm nur noch ganz wenig Zeit, und er fuhr zum Flughafen. Ein passendes Flugzeug gab es nicht, doch plötzlich rief ihn ein Pilot in angesengter Uniform auf die Seite und sagte, er fliege gerade in die Gegend, wohin der Oberst müsse, und er würde ihn hinbringen. Der Oberst wunderte sich, woher der Pilot sein Ziel kannte, und auf einmal sah er, dass es derselbe Pilot war, mit dem er hergeflogen war.

»Was ist los mit Ihnen?«, fragte der Oberst.

»Ich bin ein bisschen abgestürzt«, entgegnete der Pilot. »Auf dem Rückweg. Halb so schlimm. Ich bringe Sie hin, ich weiß, wohin Sie müssen, das liegt auf meiner Strecke.«

Sie flogen nachts, der Oberst saß auf einer Eisenbank, die längs durch das Flugzeug ging, und wunderte sich, wie dieses Flugzeug überhaupt fliegen konnte. Innen war es stark zerbeult, überall hingen Fetzen herab, zwischen den Füßen rollte ein verkohlter Klotz hin und her, es roch stark nach verbranntem Fleisch. Sie waren sehr schnell an Ort und Stelle, der Oberst fragte noch, ob sie hier richtig seien, und der Pilot sagte, sie seien genau richtig. »Warum sieht denn Ihr Flugzeug so schrecklich aus?«, sagte der Oberst streng, und der Pilot antwortete ihm, sonst habe immer der Steuermann Ordnung gemacht, doch der sei gerade verbrannt. Und er machte sich daran, den verkohlten Klotz aus dem Flugzeug zu schleppen, und sagte: »Das ist mein Steuermann.«

Das Flugzeug stand auf freiem Feld, und überall liefen Verwundete herum. Ringsum war Wald, in der Ferne brannte ein Lagerfeuer, zwischen zerstörten Lastern und Kanonen lagen und saßen Menschen, einige standen, und einige gingen zwischen den anderen herum.

»Wohin hast du mich gebracht, Mistkerl?«, schrie der Oberst. »Ist das etwa mein Flugplatz?«

»Das ist jetzt Ihre Einheit«, entgegnete der Pilot. »Wo ich Sie aufgenommen habe, dorthin habe ich Sie zurückgebracht.«

Der Oberst begriff, dass sein Regiment eingekesselt war, völlig zerschlagen, und er verfluchte die ganze Welt, auch seinen Piloten, der sich immer noch mit dem Klotz abmühte, den er Steuermann nannte und den er aufzustehen und zu laufen bat.

»Was soll's, fangen wir mit der Evakuierung an«, sagte der Oberst, »als Erstes die Stabspapiere, die Regimentsfahne und die Schwerverwundeten.«

»Das Flugzeug fliegt nicht mehr weiter«, bemerkte der Pilot.

Der Oberst zog seine Pistole und sagte, er würde den Piloten wegen Befehlsverweigerung auf der Stelle erschießen. Doch der Pilot pfiff leise vor sich hin und stellte den Klotz abwechselnd mal mit der einen, mal mit der anderen Seite auf die Erde und sagte: »Na los, gehen wir.«

Der Oberst schoss, doch anscheinend hatte er nicht getroffen, denn der Pilot murmelte weiter sein »Los, los«, währenddessen ertönte Motorengeratter, und auf das Feld fuhr eine Kolonne deutscher Lastwagen mit Soldaten.

Der Oberst versteckte sich hinter einem kleinen Hügel im Gras, ein Laster nach dem anderen fuhr auf, doch es folgten weder Schüsse noch Kommandos noch Bremsgeräusche von Motoren. Nach zehn Minuten waren die Laster durchgefahren, der Oberst hob den Kopf – der Pilot mühte sich noch immer mit dem verkohlten Klotz ab, und in der Ferne saßen und lagen Leute am Feuer oder gingen herum.

Der Oberst stand auf und ging zum Feuer. Er erkannte niemanden, das war überhaupt nicht sein Regiment, das war Infanterie und Artillerie und Gott weiß was noch, alle in zerrissenen Uniformen, offene Wunden an Armen, Bei-

9

nen und Bäuchen, nur die Gesichter waren sauber. Die Menschen unterhielten sich leise. Direkt am Feuer saß mit dem Rücken zum Oberst eine Frau in einem dunklen Zivilkostüm, ein Tuch um den Kopf.

»Wer ist hier der Rangälteste, erläutern Sie mir die Lage«, sagte der Oberst.

Niemand rührte sich, niemand reagierte, als der Oberst zu schießen begann, doch als der Pilot den verkohlten Klotz bis ans Feuer gerollt hatte, halfen alle, diesen »Steuermann«, wie ihn der Pilot nannte, in die Glut zu wälzen, und damit erstickten sie die Flamme. Es wurde völlig dunkel.

Der Oberst zitterte vor Kälte am ganzen Körper und schimpfte, jetzt könne man sich überhaupt nicht mehr wärmen, nach einem solchen Klotz würde das Feuer nicht wieder aufflammen.

Und da sagte die Frau, ohne sich umzudrehen:

»Warum hast du mich angesehen, warum hast du das Tuch hochgehoben. Jetzt wird dir die Hand verdorren.«

Das war die Stimme seiner Frau.

Der Oberst verlor das Bewusstsein, und als er zu sich kam, sah er, dass er im Lazarett lag. Man erzählte ihm, man habe ihn auf dem Friedhof gefunden, am Grab seiner Frau, und die Hand, auf der er gelegen habe, sei schwer geschädigt und könne jetzt möglicherweise verdorren.

DIE RACHE

Eine Frau hasste ihre Nachbarin, mit der sie die Wohnung teilte, eine alleinstehende Mutter mit Kind.

Je größer das Kind wurde und je mehr es in der Wohnung herumtobte, umso häufiger ließ die Frau wie aus Versehen eine Kanne heißes Wasser auf dem Fußboden stehen oder ein Glas mit Natriumhydroxid, oder sie ließ mitten auf dem Korridor eine Schachtel Stecknadeln fallen. Die arme Mutter ahnte anfangs nichts, da ihr Mädchen kaum laufen konnte, und auf dem Korridor ließ sie es nicht krabbeln, weil Winter war. Aber bald sollte die Zeit kommen, wo das Kind aus dem Zimmer in den geräumigen Korridor hinauslaufen konnte. Die Mutter machte ihre Nachbarin aufmerksam, wenn mitten im Weg ein Glas stand, oder sie sagte: »Rajetschka, Sie haben wieder Nadeln verloren«, worauf die Nachbarin sich an den Kopf griff und über ihre Vergesslichkeit klagte. Früher waren sie Freundinnen gewesen, kein Wunder, zwei alleinstehende Frauen in einer Zweizimmerwohnung, sie hatten vieles gemeinsam, sogar gemeinsame Gäste, und an den Geburtstagen machten sie sich gegenseitig Geschenke. Außerdem erzählten sie sich alles, aber als Sina einen dicken Bauch kriegte, fing Raja an, sie bis zur Bewusstlosigkeit zu hassen. Sie wurde regelrecht krank vor Hass, kam plötzlich spät nach Hause, konnte nachts nicht schlafen, ständig glaubte sie, hinter Sinas Wand eine Männerstimme zu hören, sie glaubte, Worte zu hören und ein Klopfen, während

Sina in Wirklichkeit völlig allein war. Sina dagegen klammerte sich noch enger an Raja und sagte ihr sogar einmal, es sei ein großes Glück, dass sie so eine Nachbarin habe, wie eine ältere Schwester, die einen in schweren Stunden nicht im Stich lässt. Raja half Sina tatsächlich die Babysachen zu nähen und brachte sie, als es so weit war, zur Entbindungsklinik, nur sie mit dem Neugeborenen abzuholen schaffte sie nicht, sodass Sina noch einen Tag länger ohne Babysachen in der Klinik hockte und das Kind schließlich in einer zerrissenen staatlichen Decke nach Hause brachte, die sie zurückzugeben versprach. Raja schob ihre Krankheit vor, die ganze Zeit schob sie ihre Krankheit vor, sie ging kein einziges Mal für Sina einkaufen und half ihr auch nicht, das Kind zu baden, sie saß immer nur mit irgendwelchen Kompressen auf den Schultern herum. Das Kind schaute sie nicht einmal an, obwohl Sina es ständig mit sich herumtrug, mal ins Badezimmer, mal in die Küche, mal an die frische Luft, und auch die Tür zu ihrem Zimmer stand immer offen – komm rein und schau es dir an.

Sina hatte sich beizeiten um eine Heimarbeit gekümmert und gelernt, mit einer Strickmaschine umzugehen, sie hatte keinerlei Verwandtschaft, und das von der guten Nachbarin waren nur schöne Worte, in Wirklichkeit hatte sie niemanden, auf den sie sich verlassen konnte, sie hatte sich die Suppe selbst eingebrockt, jetzt musste sie sie auch alleine auslöffeln. Solange die Tochter klein war, brachte Sina die fertige Arbeit ohne sie weg und holte sich ihren Lohn allein ab, sie ließ das schlafende Kind zu Hause, aber sobald das Mädchen weniger schlief und größer wurde, fingen die Sorgen an. Sina musste es mitnehmen. Raja jedoch beschäftigte sich stur mit ihren Schultergelenken, sie war deshalb sogar krankgeschrieben, doch sie zu bitten, auf das Kind aufzupassen, wagte Sina nicht. Raja indes begann mit den Vorbereitungen für den Kindsmord, und immer öfter fand Sina, wenn sie das tapsende Mädchen an beiden Händen über den Korridor führte, auf dem Küchenfußboden ein scheinbar mit Wasser gefülltes Glas, oder sie fand auf dem Küchenhocker den dampfenden Teekessel mit zur Seite geklapptem Henkel, doch Verdacht schöpfte Sina nicht. Jedenfalls zwitscherte sie fröhlich wie immer mit ihrem Mädchen und forderte es auf: »Sag Mama.« Aber wenn Sina jetzt in den Laden oder zur Arbeit ging, schloss sie das Kind ein, und das hatte Folgen. Raja wurde furchtbar böse. Einmal war Sina weggegangen, das Mädchen wachte hinter der verschlossenen Tür auf, offensichtlich war es aus dem Bett gefallen und weinend zur Tür gekrabbelt. Raja wusste, dass das Kind noch nicht richtig laufen konnte, dass es aus dem Bettchen gefallen war und sich sicher arg gestoßen hatte, weil es so schrecklich schrie, und dass es so nah an der Tür lag. Raja konnte dieses Geschrei nicht mehr ertragen, sie zog Gummihandschuhe über, holte aus dem Badezimmer das Natriumhydroxid, das sie dort versteckt hatte, streute es in einen Eimer mit Wasser und fing an, den Korridor zu wischen, wobei sie die Lösung unter die Tür schwappen ließ, hinter der das Mädchen lag. Das Geschrei ging in ein Wimmern über. Raja wischte den Korridor trocken, spülte alles aus – Eimer, Schrubber und Handschuhe –, zog sich um und ging in die Poliklinik.

Anschließend ging sie ins Kino, dann durch die Geschäfte und kam erst am Abend nach Hause. Sinas Zimmer war dunkel und still. Raja sah fern und legte sich dann ins Bett, konnte aber nicht einschlafen. Sina kam die ganze Nacht und den ganzen nächsten Tag nicht nach Hause. Raja holte das Beil, brach die Tür auf und fand das Zimmer eingestaubt, auf dem Fußboden neben dem Bettchen war ein eingetrockneter Blutfleck, und eine breite Blutspur führte bis zur Tür. Von der Natriumhydroxidpfütze war nichts mehr zu sehen. Raja wischte ihrer Nachbarin den Fußboden, räumte auf und lebte von nun an in fieberhafter Erwartung. Nach einer Woche schließlich kam Sina nach Hause, sie sagte, sie habe das Mädchen beerdigt und habe jetzt eine Arbeit mit Vierundzwanzig-Stunden-Schicht, mehr sagte sie nicht. Die eingefallenen Augen und die gelbe, welke Haut sprachen für sich. Raja machte keine Anstalten, Sina zu trösten, jedes Leben in der Wohnung war erstorben. Raja saß einsam vor dem Fernseher, und Sina war für vierundzwanzig Stunden bei der Arbeit oder schlief sich aus. Sina war regelrecht durchgedreht, überall hängte sie Fotos von ihrer Tochter auf. Rajas Schmerzen wurden immer schlimmer, sie konnte die Arme nicht mehr heben und nicht mehr gehen, nicht einmal Spritzen in die Gelenke halfen. Die Ärzte stellten Arthrose fest. Es ging so weit, dass Raja sich nicht einmal mehr etwas kochen konnte oder auch nur den Wasserkessel aufsetzen. Wenn Sina zu Hause war, fütterte sie Raja, doch sie kam immer seltener, sie redete sich heraus, es wäre ihr zu anstrengend. Wegen der Schulterschmerzen konnte Raja nicht mehr schlafen. Als sie erfuhr, dass Sina Schwester in einer Art Krankenhaus war, bat Raja sie, ein starkes Schmerzmittel, Morphium zum Beispiel, zu besorgen. Sina sagte, das könnte sie nicht: »Auf so etwas lasse ich mich nicht ein.«

»Dann muss ich eben mehr von diesen hier nehmen. Zählst du mir bitte dreißig Stück ab.«

»Nein, niemals«, sagte Sina, »von meiner Hand stirbst du nicht.«

»Aber die eigenen Hände kriege ich nicht hoch«, wandte Raja ein.

»So billig kommst du mir nicht davon«, sagte Sina.

Da streckte die Kranke unter unmenschlichen Anstrengungen ihre Lippen nach dem Röhrchen, zog mit den Zähnen den Korken heraus und schüttete sich sämtliche Tabletten in den Mund. Sina saß an ihrem Bett. Raja starb sehr langsam. Als der Morgen kam, sagte Sina:

»Jetzt hör zu. Ich habe dich belogen. Meine Lenotschka lebt, sie kann jetzt richtig laufen. Sie ist in einem Kinderheim, und ich arbeite dort als Schwester. Und unter die Tür hast du nicht Natriumhydroxid geschüttet, sondern gewöhnliches Speisesoda, ich habe es gegen das Natriumhydroxid ausgetauscht. Und das Blut auf dem Boden – Lenotschka hat sich die Nase aufgeschlagen, als sie aus dem Bettchen fiel. Du bist also unschuldig, niemand hätte etwas beweisen können. Aber ich bin genauso unschuldig. Wir sind quitt.«

Und da sah sie, wie über das tote Gesicht langsam ein glückliches Lächeln glitt.

GESCHICHTE VON SOKOLNIKI

Zu Beginn des Krieges lebte in Moskau eine Frau. Ihr Mann war Flieger, und sie liebte ihn nicht sonderlich, doch sie vertrugen sich. Als der Krieg ausbrach, wurde ihr Mann bei Moskau eingesetzt, und diese Lida fuhr öfters zu ihm auf den Flugplatz. Eines Tages kam sie hin, und man sagte ihr, das Flugzeug ihres Mannes sei gestern in der Nähe des Flughafens abgeschossen worden, und morgen werde er beigesetzt.

Lida war auf der Beerdigung, sie sah drei verschlossene Särge, kehrte dann in ihr Moskauer Zimmer zurück, und dort erwartete sie der Einberufungsbefehl zum Ausheben von Panzerabwehrgräben. Sie kam erst zum Herbstanfang nach Hause zurück, damals fiel ihr hin und wieder auf, dass ihr jemand nachlief, ein junger Mann von eigenartigem Aussehen – mager, blass, entkräftet. Sie begegnete ihm auf der Straße, im Laden, wo sie Lebensmittel auf Marken kaufte, und auf dem Weg zum Dienst. Eines Abends klingelte es, und Lida machte auf. Vor der Tür stand jener Mann, er sagte: »Lida, erkennst du mich denn nicht? Ich bin doch dein Mann.« Wie sich herausstellte, war er gar nicht beigesetzt worden, man hatte pure Erde begraben, und ihn selbst hatte die Druckwelle auf einen Baum geschleudert, und er hatte beschlossen, nicht an die Front zurückzukehren. Wie er die zwei Monate gelebt hatte, fragte Lida nicht, er sagte ihr, er habe alle seine Sachen im Wald gelassen und sich aus einem verlassenen Haus Zivilkleider geholt.

Und so lebten sie zusammen. Lida hatte große Angst, die Nachbarn könnten etwas mitbekommen, doch es ging gut, in diesen Monaten wurde fast ganz Moskau evakuiert. Eines Tages sagte Lidas Mann, der Winter rücke heran, sie müssten die Uniform vergraben, die er im Gebüsch versteckt hatte, sonst finde sie womöglich jemand.

Lida holte sich von der Hausmeisterin einen Pionierspaten, und sie fuhren los. Sie mussten mit der Straßenbahn nach Sokolniki fahren und dann lange durch den Wald laufen, an einem Bach entlang. Sie begegneten niemandem, und gegen Abend schließlich erreichten sie eine große Lichtung, an deren Rand ein großer Bombentrichter klaffte. Es dunkelte bereits. Der Mann sagte zu Lida, er habe keine Kraft, doch sie müssten diesen Trichter zuschütten, er erinnere sich, dass er die Uniform in diesen Trichter geworfen habe. Lida schaute hinunter und entdeckte dort tatsächlich so etwas wie eine Fliegeruniform. Sie begann Erde hinunterzuwerfen, und ihr Mann drängte sie zur Eile, denn es war schon ganz dunkel. Drei Stunden schüttete sie den Trichter zu, und dann stellte sie fest, dass ihr Mann verschwunden war. Lida erschrak, sie rannte herum und suchte ihn, beinahe wäre sie in den Trichter gefallen, und da sah sie, dass sich die Uniform auf dem Grund des Trichters bewegte. Lida stürzte davon. Im Wald war es stockfinster, doch bei Tagesanbruch erreichte Lida die Straßenbahn, fuhr nach Hause und legte sich schlafen.

Und im Traum erschien ihr der Mann und sagte: »Ich danke dir, dass du mich begraben hast.«

DER GRUSS DER MUTTER

Ein junger Mann, Oleg mit Namen, blieb elternlos zurück, als seine Mutter starb. Er hatte nur noch die Schwester, der Vater jedoch, der zwar lebte, war, wie sich herausstellte, nicht Olegs richtiger Vater gewesen. Sein Vater war ein Unbekannter, mit dem sich die Mutter getroffen hatte, als sie bereits verheiratet war. Das fand Oleg heraus, als er die Papiere seiner verstorbenen Mutter durchsah, in der Hoffnung, mehr über sie zu erfahren. Hierbei entdeckte er ein Dokument, einen Brief, in dem ihr ein Unbekannter schrieb, er habe Familie und nicht das Recht, wegen eines künftigen Kindes unbekannter Herkunft zwei Kinder zu verlassen. Der Brief trug ein Datum. Die Mutter hatte ihren Mann demzufolge kurz vor der Entbindung verlassen und einen anderen heiraten wollen, was bedeutete, dass sich wirklich alles so verhielt, wie Olegs ältere Schwester einmal, rachsüchtig und bösartig, in einem Gespräch angedeutet hatte. Nachdem der junge Mann diesen Brief entdeckt hatte, sah er systematisch alle Papiere durch und fand einen schwarzen Umschlag mit Fotos, die seine Mutter in den verschiedenen Stadien des Entkleidens zeigten, unter anderem auch nackt. Das alles war wie im Theater fotografiert, in nacktem Zustand hatte die Mutter sogar einen langen Schal um sich drapiert, und das alles war ein harter Schlag für den jungen Mann. Er hatte von Verwandten gehört, dass seine Mutter in ihrer Jugend für ihre Schönheit berühmt gewesen war, doch auf den

Fotos war sie bereits eine Frau um die fünfunddreißig, gut gewachsen, doch nicht sonderlich schön, sie hatte sich einfach gut gehalten.

Nach diesem Schlag schmiss der junge Mann – er war sechzehn Jahre alt – die Schule, er schmiss alles hin und tat zwei Jahre lang bis zur Armee überhaupt nichts, hörte auf niemanden, aß, was im Hause, im Kühlschrank war, verschwand, wenn der Vater und die Schwester heimkamen, und kam wieder, wenn sie schliefen. Bis er völlig erschöpft war und der Vater dank seines Einflusses erwirkt hatte, dass sich Oleg einer Ärztekommission vorstellen musste, die ihm wegen Schizophrenie eine Rente bewilligen sollte, doch in letzter Minute, unmittelbar vor der Untersuchung, starb der Vater nachts in seinem Bett, und alles zerschlug sich. Die Schwester zog aus der Wohnung aus und ließ Oleg allein in seinem Zimmer zurück, und bald darauf ging er zur Armee.

Dort passierte ihm folgende Geschichte: Man stellte ihn zusammen mit anderen Soldaten an einem Bergpfad auf, an einem Gebirgspass, über den ein flüchtiger Lagerhäftling kommen sollte. Dieser Häftling war schon fast einen Monat in Freiheit, er hatte es geschafft, auf seinem Weg fünf Menschen umzubringen, darunter auch ein junges Mädchen, und nun näherte er sich dem einzigen Bergpass, über den der Weg ins Große Land führte, das heißt in den europäischen Teil. Nach allem, was man wusste, würde der Häftling noch nicht so bald auftauchen, doch der Beobachtungstrupp wurde frühzeitig am Pfad postiert, drei Tage bevor man ihn erwartete, denn wer weiß, was für ein Transportmittel der Flüchtling benutzen würde. Der Trupp bestand aus Oleg, einem Sergeanten und drei weiteren Soldaten, sie saßen hinter einem großen Stein, auf dem sie ihre Maschinenpistolen abgelegt hatten. Sie hielten abwechselnd Wache, und gerade als Oleg an der Reihe war, erschien auf dem Pfad jener Mann, dessen Foto man ihnen vorher gezeigt hatte. Oleg konnte sich nicht zurückhalten und erschoss ihn, und dann stellte sich heraus, dass es ein ganz anderer war, ein Zwangsangesiedelter, der seine Strafe abgebüßt hatte und sich nun, allerdings ebenfalls illegal, nach Hause, nach Russland durchschlagen wollte. Der wirkliche Verbrecher wurde auf einem benachbarten Bergpass gefasst.

Man behandelte Oleg gut, er wurde als vorübergehend unzurechnungsfähig eingestuft, kam in ein Krankenhaus, und dann wurde er als militärdienstuntauglich ganz aus der Armee entlassen, und er war noch billig davongekommen, denn die Frau des Angesiedelten, so erzählte man, war unentwegt auf der Suche nach jenem übergeschnappten Soldaten, der ihren Mann umgebracht hatte, nur weil der die Grenze des ihm zugewiesenen Siedlungsgebiets um einige Schritte übertreten hatte – entlang des Bergpasses verlief nämlich die Grenze des Verwaltungsgebiets.

Oleg kehrte nach Hause zurück. Er war schon fast ganz kahl, die Zähne fielen ihm, einer nach dem anderen, aus, er hatte nichts zu essen, und es blieb ihm nichts anderes übrig, als ohne jede Ausbildung arbeiten zu gehen. Doch da trat plötzlich die ältere Schwester in sein Leben, nahm alles in die Hand, brachte Oleg in einer Berufsschule unter, räumte sein Zimmer auf, besorgte Lebensmittel und Geld, obwohl sie nur seine Halbschwester war und ihn früher nie gemocht hatte. Eines Abends, bevor sie ging, sagte sie ganz beiläufig zu ihm: »Glaub nicht an den Unsinn, den ich dir damals von Mutter erzählt habe, unser Vater hatte sie nur verdächtigt, er war ein schwieriger Mensch, der konnte jeden um den Verstand bringen.«

Und ging.

Als die Schwester fort war, öffnete Oleg den Koffer und

begann in den Papieren zu wühlen, zwischen denen der Brief gelegen hatte, er fand aber nur einen Umschlag mit einem Foto von der Beerdigung der Mutter. In dem schwarzen Umschlag, in dem Oleg die Fotos der sich entkleidenden Mutter wusste, steckte nur ein kleines schwarzes Blatt Papier, ganz alt und mürbe, und als Oleg es herausziehen wollte, zerfiel es zu Staub.

Oleg sah die Papiere durch und fand überall Briefe seiner Mutter an den Vater, in denen von Liebe die Rede war, von Treue, von Oleg und wie sehr er seinem Vater ähnele. Oleg weinte den ganzen Abend, die Tränen flossen von selbst aus seinen Augen, und am nächsten Morgen wartete er auf seine Schwester, um ihr zu erzählen, wie verrückt er mit sechzehn Jahren gewesen sei und dass er Dinge gesehen habe, die es gar nicht gab, und deshalb sogar einen Menschen umgebracht hatte, der überhaupt nicht aussah wie auf dem Foto, anhand dessen sie ihn identifizieren sollten.

Doch die Schwester kam nicht, offenbar hatte sie ihn vergessen, und auch er vergaß sie bald, er war mit seinem eigenen Leben beschäftigt. Er schloss die Berufsschule ab, anschließend die Universität, heiratete und schaffte sich Kinder an.

Er hatte dunkle Augen, und auch seine Frau war eine dunkeläugige Brünette, doch beide Söhne waren weißblond und hatten blaue Augen – haargenau wie die verstorbene Mutter, ihre Großmutter.

Eines Tages schlug Olegs Frau überraschend vor, zum Grab seiner Mutter zu fahren. Sie fanden es nur mit Mühe, auf dem alten Friedhof standen die Grabsteine ganz eng beieinander, und auf dem Grab der Mutter entdeckten sie plötzlich einen zweiten, kleineren Grabstein.

»Sicher mein Vater«, sagte Oleg, der beim Begräbnis des Vaters nicht dabei gewesen war.

»Nein, lies doch, das ist deine Schwester«, entgegnete seine Frau.

Oleg erschrak, wie hatte er seine Schwester nur so vergessen können, er beugte sich über die Tafel und las die Inschrift. Es war tatsächlich seine Schwester.

»Nur den Todestag haben sie verwechselt«, sagte er, »meine Schwester ist lange nach diesem Tag bei mir gewesen, schon nach der Armee. Ich habe dir doch erzählt, sie hat mich wieder auf die Beine gestellt, sie hat mir buchstäblich das Leben zurückgegeben. Ich war jung und bin gleich bei jedem bisschen durchgedreht.«

»Das kann nicht sein, die verwechseln keine Daten«, erwiderte seine Frau. »Du bist es, der alles durcheinanderbringt. In welchem Jahr bist du aus der Armee entlassen worden?«

Und sie standen am Grab und fingen an zu streiten, das Grab war vernachlässigt und völlig überwuchert, und das Unkraut, das den Sommer über hochgeschossen war, kitzelte ihre Knie, bis sie gingen.

HYGIENE

Eines Tages klingelte es bei der Familie R., und das kleine Mädchen machte auf. Vor der Tür stand ein junger Mann, der im Treppenhauslicht irgendwie krank aussah, seine Gesichtshaut war dünn und glänzte rosa. Er sagte, er käme, um vor der drohenden Gefahr zu warnen. Angeblich wäre in der Stadt eine Epidemie ausgebrochen, eine Viruskrankheit, an der man innerhalb von drei Tagen sterbe. Der Körper schwelle an und so weiter. Ein Symptom sei das Auftreten einzelner Wasserbläschen oder einfach Knoten. Es gäbe Hoffnung, am Leben zu bleiben, wenn man die Regeln der Körperhygiene streng einhalte, die Wohnung nicht verlasse und keine Mäuse hätte, denn Mäuse seien wie immer die Hauptansteckungsquelle.

Das hörten sich Großvater und Großmutter, das kleine Mädchen und ihr Vater an. Die Mutter war im Badezimmer.

»Ich habe die Krankheit hinter mir«, sagte der junge Mann und nahm seine Mütze ab. Er hatte einen völlig kahlen, rosa Schädel, den eine hauchdünne Haut überzog, die aussah wie Haut auf gekochter Milch.

»Ich habe überlebt, ich brauche eine Ansteckung nicht mehr zu fürchten, deshalb gehe ich von Tür zu Tür und bringe Leuten Brot und Vorräte, wenn etwas fehlt. Haben Sie was im Haus? Geben Sie mir Geld, ich kaufe für Sie ein, und eine große Tasche, wenn Sie haben – eine mit Rädern. Vor den Läden stehen schon lange Schlangen, aber ich habe keine Angst, mich anzustecken.«

»Vielen Dank«, sagte der Großvater, »wir brauchen nichts.«

»Im Falle, dass alle Familienmitglieder krank werden sollten, lassen Sie die Türen offen. Ich versuche, so viele zu betreuen, wie ich schaffe, vier Häuser à fünfzehn Stock. Wer von euch überlebt, kann es genauso machen und den Leuten helfen, die Leichen runterzubefördern und so weiter.«

»Was heißt Leichen runterbefördern?«, fragte der Großvater.

»Ich habe ein System ausgearbeitet, wie man die Leichen wegschaffen kann, sie werden in den Müllschlucker geworfen. Dazu benötigt man große Plastiksäcke, ich weiß nur nicht, wo man die herkriegt. Die Industrie stellt eine zweilagige Plastikfolie her, die könnte man dazu verwenden. Aber woher das Geld nehmen, alles hängt am Geld. Diese Folie könnte man mit einem heißen Messer schneiden, dann hätte man automatisch einen Sack von beliebiger Länge. Ein heißes Messer und zweilagige Folie.«

»Nein, vielen Dank, wir brauchen nichts«, sagte der Großvater.

Der junge Mann zog wie ein Bettler von Wohnung zu Wohnung und bat um Geld. Kaum hatte man ihm die Tür vor der Nase zugeschlagen, klingelte er schon an der nächsten, man öffnete ihm mit vorgelegter Kette, sodass er seine Geschichte auf der Treppe erzählen und dort den Hut abnehmen musste, während die Leute ihn durch den Türspalt beobachteten. Er hörte eine kurze Entgegnung, dann wurde die Tür wieder zugeschlagen, aber er ging nicht weg, es waren keine Schritte zu hören. Dann wurde die Tür erneut einen Spaltbreit geöffnet, es wollte noch jemand die Geschichte hören. Der junge Mann wiederholte seine Erzählung, und als Antwort ertönte die Stimme des Nachbarn:

»Wenn du Geld hast, bring mir doch zehn Wodkaflaschen, ich geb's dir zurück.«

Dann hörte man Schritte, und alles wurde still.

»Wenn er wiederkommt«, sagte die Großmutter, »soll er uns Brot und Kondensmilch holen ... und Eier. Außerdem brauchen wir noch Kohl und Kartoffeln.«

»Ein Scharlatan«, sagte der Großvater, »obwohl er sieht nicht aus wie einer, der sich verbrannt hat, das muss was anderes sein.«

Schließlich besann sich der Vater, nahm das kleine Mädchen an die Hand und führte es weg von der Tür – das waren nicht seine Eltern, sondern die seiner Frau, und er war nie einer Meinung mit ihnen, ganz gleich, was sie sagten, und auch sie fragten ihn nicht nach seiner Ansicht. Er glaubte, dass tatsächlich etwas ausgebrochen sei, es musste etwas ausgebrochen sein, er spürte das schon lange und wartete darauf. Ihn schauderte. Er nahm das Mädchen an die Hand und führte es weg von der Tür, damit es dort nicht herumstand, wenn der geheimnisvolle Gast an der nächsten Wohnung klingelte. Man müsste sich mal richtig mit ihm unterhalten, von Mann zu Mann. Welche Medizin er genommen hatte, wie alles verlaufen war.

Großvater und Großmutter indessen blieben an der Tür stehen, weil sie hörten, dass niemand den Fahrstuhl holte, und also dieser Mann offensichtlich weiter alle Türen abklapperte; anscheinend sammelte er Geld und Taschen gleich von allen ein, um nicht ewig in den Laden rennen zu müssen. Oder es hatte ihm noch niemand Geld und Taschen gegeben, sonst wäre er längst mit dem Fahrstuhl runtergefahren, denn bis zur fünften Etage hätte er schon mehr als genug Bestellungen haben müssen. Oder er war tatsächlich ein Scharlatan und sammelte das Geld einfach so ein, für sich. Die Großmutter war in ihrem Leben schon mal an

eine Frau geraten, die ihr genauso durch den Türspalt gesagt hatte, sie käme vom Aufgang nebenan, dort wäre eine
Frau von neunundsechzig Jahren gestorben, Großmutter
Njura, und sie sammle für die Beerdigung, so viel wie jeder
geben könne, und sie zeigte der Großmutter eine Liste mit
Unterschriften und Spenden – dreißig Kopeken, ein Rubel,
zwei Rubel. Die Großmutter gab ihr einen Rubel, obwohl sie
sich an eine Njura gar nicht erinnern konnte. Kein Wunder,
denn fünf Minuten später klingelte eine gute Nachbarin
und sagte, eine unbekannte Betrügerin ginge um, sie wäre
mit zwei Männern unterwegs, die unten auf sie warteten,
eben wären sie mit dem Geld zur Haustür raus und hätten
die Liste weggeworfen.

Großmutter und Großvater standen an der Wohnungstür
und horchten, dann kam noch der Vater des Mädchens,
Nikolai, hinzu, schließlich trat noch Jelena, seine Frau, aus
dem Badezimmer und fragte laut, was los sei, aber man bedeutete ihr zu schweigen.

Doch es war kein Klingeln mehr auf der Treppe zu hören.
Das heißt, der Fahrstuhl fuhr zwar hoch und runter, es stieg
sogar jemand in ihrer Etage aus, doch dann rasselten Schlüssel und eine Tür wurde zugeschlagen. Das war nicht der
Mann mit dem Hut. Der hätte geklingelt und nicht die Tür
mit dem Schlüssel geöffnet.

Nikolai schaltete den Fernseher an. Sie aßen Abendbrot,
wobei Nikolai sehr viel aß, unter anderem auch Brot, und
der Großvater konnte sich nicht beherrschen und rügte ihn:
Abends soll man essen wie ein Bettler. Aber Jelena verteidigte ihren Mann, und das kleine Mädchen sagte: »Was schreit
ihr so«, und das Leben nahm seinen Lauf.

In der Nacht ging unten eine, dem Geklirr nach zu urteilen, sehr große Scheibe zu Bruch.

»Das Schaufenster vom Brotladen«, sagte der Großvater,

als er auf den Balkon trat. »Schnell, hamstern Sie, so viel Sie können, Nikolai.«

Sie rüsteten Nikolai für seinen Beutegang aus, doch unterdessen war ein Milizauto vorgefahren, jemand wurde festgenommen, ein Milizionär aufgestellt, das Auto fuhr davon. Nikolai zog mit Rucksack und Messer los, dort unten hatte sich schon eine Menschenmenge angesammelt, die Leute umzingelten den Milizionär, drückten ihn nieder und kletterten durchs Schaufenster rein und raus, irgendjemand prügelte sich mit einer Frau und entriss ihr einen Koffer mit Brot, man hielt ihr den Mund zu und schleppte sie in den Laden. Immer mehr Leute versammelten sich. Schließlich kehrte Nikolai mit einem prall gefüllten Rucksack – dreißig Kilo Zwieback und zehn Laib Brot – zurück. Nikolai zog sich vollständig aus, warf seine Sachen in den Müllschlucker, dann rieb er sich im Korridor von Kopf bis Fuß mit Eau de Cologne ab, die Watte stopfte er in eine Plastiktüte und warf sie aus dem Fenster. Der Großvater, mit der Entwicklung der Ereignisse zufrieden, bemerkte nur, man müsse mit dem Eau de Cologne und allen Medikamenten sparsam umgehen. Dann schliefen sie ein. Am Morgen aß Nikolai zum Frühstück ganz allein ein halbes Kilo Zwieback und scherzte bei dieser Gelegenheit: »Morgens wie ein Kaiser.« Der Großvater hatte eine Zahnprothese und tauchte seinen Zwieback traurig in den Tee. Die Großmutter zog sich ganz zurück, und Jelena redete dem Mädchen fortwährend zu, mehr Zwieback zu essen. Die Großmutter hielt es schließlich nicht mehr aus und sagte, sie müssten sich etwas überlegen, sie könnten ja nicht jede Nacht stehlen gehen, den Brotladen hätte man schon vernagelt, er wäre völlig leer. Sie zählten ihre Vorräte und teilten alles in Rationen ein. Zum Mittagessen gab Jelena ihre Ration dem Mädchen, Nikolai wurde finster wie eine Wolke, und nach dem Mittagessen aß er alleine einen ganzen Laib Schwarzbrot auf. Die Lebensmittel würden für eine Woche reichen, dann war Schluss. Nikolai und Jelena riefen bei ihrer Arbeit an, aber weder hier noch dort nahm jemand den Hörer ab. Sie riefen bei Bekannten an, alle saßen zu Hause. Sie warteten. Das Fernsehen sendete nicht mehr, nur das Pausenzeichen ertönte. Am nächsten Tag war das Telefon tot. Unten auf der Straße streiften Passanten mit Rucksäcken und Taschen umher, jemand schleifte einen kleinen abgesägten Baum über den Bürgersteig. Es erhob sich die Frage, was tun mit der Katze – das Tier hatte den zweiten Tag nichts zu fressen bekommen, es saß auf dem Balkon und miaute entsetzlich.

»Wir müssen sie reinlassen und füttern«, sagte der Großvater. »Eine Katze hat wertvolles frisches, vitaminreiches Fleisch.«

Nikolai ließ die Katze rein, sie gaben ihr Suppe, nicht sehr viel, um sie nach der Hungerkur nicht zu überfüttern. Das Mädchen wich der Katze nicht von der Seite, die zwei Tage, als die Katze auf dem Balkon miaut hatte, wollte es immer zu ihr, jetzt aber fütterte es sie mit Vergnügen, sodass sogar die Mutter aufbrauste: »Du gibst ihr alles, was ich mir für dich vom Mund abspare.«

Die Katze bekam also zu fressen, aber die Lebensmittel reichten nur noch fünf Tage. Alle warteten, dass irgendetwas geschehe, dass irgendjemand die Mobilmachung bekannt gebe, aber in der dritten Nacht heulten auf den Straßen Motoren auf, die Armee gab die Stadt auf.

»Sie riegeln die Stadt ab. Quarantäne«, sagte der Großvater. »Jetzt kann man weder raus noch rein. Das Schlimmste ist, dass alles eintrifft, was er vorausgesagt hat. Wir müssen Lebensmittel besorgen.«

»Wenn ihr mir Eau de Cologne gebt, gehe ich«, sagte Nikolai. »Meins ist fast alle.«

»Sie bekommen alles«, sagte der Großvater vielsagend, doch gleichzeitig ausweichend. Er hatte stark abgenommen. »Ein Glück, dass die Wasserleitung und die Kanalisation noch funktionieren.«

»Mal nicht den Teufel an die Wand«, sagte die Großmutter.

Nachts ging Nikolai in den großen Lebensmittelladen, außer Rucksack und Beuteln nahm er Messer und Taschenlampe mit. Noch bei Dunkelheit kehrte er zurück, zog sich im Treppenhaus aus, warf seine Kleider in den Müllschlucker und rieb sich nackt mit Eau de Cologne ab. Nachdem er die eine Fußsohle abgerieben hatte, trat er in die Wohnung, dann rieb er sich auch die andere Fußsohle ab, wickelte die Watte in Papier und warf sie in den Müllschlucker. Den Rucksack stellte er zum Kochen in den großen Topf, ebenso die Beutel. Er hatte wenig erbeutet: Seife, Streichhölzer, Salz, Fertigprodukte aus Gerstenbrei, Hafermehl und Gerstenkaffee. Der Großvater war sehr erfreut, seine Begeisterung kannte keine Grenzen. Das Messer hielt Nikolai in die Gasflamme.

»Blut ist die schlimmste Infektionsquelle«, bemerkte der Großvater, als er sich gegen Morgen schlafen legte.

Die Lebensmittel würden, so rechneten sie aus, jetzt für zehn Tage reichen, wenn alle sich von Hafermehl und Brei ernähren und wenig essen würden.

Nikolai ging jetzt jede Nacht auf Jagd, und es erhob sich die Frage, wohin mit den Kleidern. Nikolai packte sie bereits im Treppenhaus in einen Plastiksack, das Messer hielt er in die Gasflamme. Aber er aß nach wie vor große Mengen, wofür ihn der Großvater allerdings nicht mehr rügte.

Die Katze magerte von Tag zu Tag mehr ab, das Fell wurde ihr zu groß, Mittagessen, Abendessen und Frühstück wurden zur Qual, denn das Mädchen versuchte ständig, der Katze etwas unter den Tisch zu werfen. Jelena musste ihr auf die Finger hauen. Alle schrien. Die Katze wurde ausgesperrt, doch sie sprang gegen die Tür.

Das gipfelte eines Tages in einer schrecklichen Szene. Das Mädchen kam mit der Katze auf dem Arm in die Küche, wo der Großvater und die Großmutter saßen. Die Katze und das Mädchen hatten verschmierte Münder.

»So«, sagte das Mädchen und küsste die Katze, sicher nicht zum ersten Mal, auf die widerliche Schnauze.

»Was soll das?«, rief die Großmutter.

»Sie hat eine Maus gefangen«, antwortete das Mädchen. »Sie hat sie gefressen.« Und das Mädchen küsste die Katze abermals auf den Mund.

»Was für eine Maus?«, fragte der Großvater, er und die Großmutter erstarrten.

»Na, so eine graue.«

»Aufgedunsen? Dick?«

»Ja, eine dicke, große.« Die Katze versuchte vom Arm des Mädchens zu springen.

»Halt sie fest!«, sagte der Großvater. »Geh in dein Zimmer, mein Kind, geh. Nimm die Katze mit. Ach, du Luder, du dreckiges. Hast du's endlich geschafft mit deiner Katze, Mist verdammter? Was? Das hast du nun davon!«

»Schrei nicht so«, sagte das Mädchen und rannte schnell in sein Zimmer.

Der Großvater ging hinter ihr her und besprühte den Boden mit Eau de Cologne. Dann stellte er einen Stuhl unter die Türklinke des Kinderzimmers und rief Nikolai. Der schlief nach der durchwachten Nacht den Schlaf des Gerechten, neben ihm lag Jelena. Beide erwachten. Es wurde alles erörtert. Jelena weinte und raufte sich die Haare. Das Mädchen hämmerte gegen die Kinderzimmertür.

»Lasst mich raus, macht auf, ich muss mal«, rief es unter Tränen.

»Hör zu«, rief Nikolai, »schrei nicht!«

»Lass mich raus, lass mich raus! Du schreist ja selbst! Lasst mich raus!«

Nikolai und die anderen gingen in die Küche. Jelena mussten sie im Badezimmer einsperren. Sie hämmerte ebenfalls gegen die Tür.

Gegen Abend wurde das Mädchen still. Nikolai fragte, ob es Pipi gemacht hätte. Das Mädchen antwortete nur zögernd, ja, es hätte in die Hosen gemacht, und bat um etwas zu trinken.

Im Zimmer des Mädchens gab es ein Kinderbett, eine Campingliege, eine Kommode mit der Wäsche der gesamten Familie, einen Teppich und Bücherregale. Ein gemütliches Kinderzimmer, das sich jetzt aufgrund der Umstände in eine Quarantänestation verwandelt hatte. Nikolai schlug ein fensterähnliches Loch in die Tür und befahl dem Mädchen, fürs Erste eine Flasche mit Suppe und Brotkrümeln – alles vermischt – am Strick entgegenzunehmen. Das Mädchen sollte nach dem Essen in die Flasche pinkeln und sie durchs Fenster ausschütten. Aber am Fenster war der obere Riegel verschlossen, das Mädchen reichte nicht heran, und auch die Idee mit der Flasche war nicht die beste. Die Frage der Exkremente musste einfacher gelöst werden. Das Mädchen sollte ein oder zwei Seiten aus einem Buch reißen, darauf sich entleeren und das Ganze aus dem Fenster werfen. Nikolai baute aus Draht ein Katapult und schlug durch dreimaliges Schießen ein ziemlich großes Loch ins Fenster.

Das Mädchen offenbarte allerdings die Früchte seiner Erziehung und entleerte seinen Stuhl liederlich, nicht aufs Papier. Außerdem merkte es nicht, wann es austreten musste. Jelena fragte es wohl zwanzigmal am Tag, ob es nicht Aa müsste, es antwortete: nein, und das Ergebnis war, dass es sich vollmachte. Außerdem war es mit der Ernährung schwierig. Es gab nur eine begrenzte Menge Flaschen und Stricke im Haus, und jedes Mal wurde ein Stück Strick abgeschnitten, und zu dem Zeitpunkt, als das Mädchen aufhörte, zur Tür zu kommen, aufzustehen und auf Fragen zu antworten, lagen bereits neun Flaschen im Kinderzimmer herum. Die Katze rührte sich offenbar nicht vom Körper des Mädchens weg, allerdings war sie lange nicht mehr gesichtet worden, seit Nikolai mit der Schleuder auf sie geschossen hatte, weil das Mädchen ihr die Hälfte von seinem Essen aus der Flasche abgab, es hatte einfach alles auf den Fußboden geschüttet. Das Mädchen antwortete nicht mehr auf Fragen, sein Bettchen stand an der Wand, außerhalb des Blickfeldes.

Die letzten Tage, die Mühen, das Leben des Mädchens zu organisieren, all diese Neuerungen, die Versuche, dem Mädchen beizubringen, dass es sich abwischen musste (bis dahin hatte das Jelena getan), die Übergabe des Wassers, damit es sich waschen konnte, das ganze Zureden, um es zur Entgegennahme der Flasche an die Tür zu locken (einmal wollte Nikolai das Mädchen waschen und hatte es, statt ihm zu essen zu geben, mit einer Kanne heißen Wassers übergossen, seitdem hatte es Angst, an die Tür zu kommen) – all das hatte die Familie dermaßen zermürbt, dass sie sich, als das Mädchen nicht mehr antwortete, alle hinlegten und in einen tiefen Schlaf fielen.

Aber dann fand alles sehr schnell ein Ende. Als die Großmutter und der Großvater aufwachten, entdeckten sie in ihrem Bett die Katze, wieder mit demselben blutigen Maul – offensichtlich fraß sie an dem Mädchen und war nun durch die Türöffnung geklettert, wahrscheinlich um zu trinken. Ojemine, schrien und stöhnten da die Großmutter und der Großvater, worauf sofort Nikolai in der Tür erschien, und als er ihr Klagegeheul angehört hatte, schlug er einfach die Tür zu und stellte einen Stuhl unter die Klinke. Jelena schrie und wollte den Stuhl wegnehmen, aber Nikolai schloss sie abermals im Badezimmer ein.

Dann legte sich Nikolai aufs Bett. Die Nacht zuvor hatte er eine Frau mit Rucksack erschlagen, und die war offenbar bereits krank gewesen, sodass ein Desinfizieren des Messers in der Gasflamme nicht mehr half. Außerdem hatte Nikolai gleich an Ort und Stelle neben dem Rucksack Gerstenbrei-konzentrat gegessen, er wollte eigentlich nur kosten, und plötzlich war alles weg.

Nikolai ging ein Licht auf, aber zu spät, er schwoll bereits an. Die ganze Wohnung dröhnte vom Klopfen, die Katze mi-aute, in der Wohnung über ihnen wurde auch geklopft, aber Nikolai spannte alle seine Kräfte an, bis ihm das Blut aus den Augen trat, und er starb, ohne an irgendetwas zu den-ken, er spannte nur alle seine Kräfte an, um sich zu erleich-tern.

Und niemand hatte die Wohnungstür offen gelassen, und das war ein Fehler, denn jener junge Mann ging von Woh-nung zu Wohnung und trug Brot aus, aber in der Wohnung der R.s waren die Klopfzeichen bereits verstummt, nur Jele-na kratzte leise an der Badezimmertür, ihr tropfte Blut aus den Augen, sie sah nichts, und was sollte sie auch auf dem Boden eines absolut finsteren Badezimmers sehen.

Warum kam der junge Mann erst so spät? Er hatte in sei-nem Abschnitt sehr viele Wohnungen zu versorgen, vier rie-sige Häuser. Und zum zweiten Mal kam er erst spät am Abend des sechzehnten Tages in diesen Aufgang, drei Tage, nachdem das Mädchen verstummt war, vierundzwanzig Stunden nach Nikolais Ende, zwölf Stunden nach dem Tod von Jelenas Eltern und fünf Minuten nach Jelenas Tod.

Die Katze allerdings miaute noch, wie in der berühmten Erzählung, wo ein Mann seine Frau umgebracht und in der Wand eingemauert hat, und als die Mordkommission erscheint, dringt ein Miauen aus der Wand, und alles ist klar, denn zusammen mit der Leiche hat der Mann auch den geliebten Kater seiner Frau dort eingemauert, und der lebt und ernährt sich von ihrem Fleisch.

Die Katze miaute, und als der junge Mann diese einzige lebendige Stimme im ganzen Aufgang hörte, beschloss er, wenigstens um dieses eine Leben zu kämpfen. Er holte eine Eisenstange, sie lag blutverschmiert im Hof, und brach die Tür auf. Was sah er nun? Den wohlbekannten schwarzen Berg im Badezimmer, den schwarzen Berg im Durchgangszimmer, zwei schwarze Berge hinter der mit einem Stuhl zugesperrten Tür, dort schlüpfte auch die Katze heraus. Sie kletterte geschickt durch das Loch, das grob in die Zimmertür gehauen war, und von dort vernahm der junge Mann eine menschliche Stimme. Er zog den Stuhl auch von dieser Tür weg und trat ins Zimmer, das über und über mit Glas, Müll, Exkrementen, herausgerissenen Buchseiten, Mäusen ohne Köpfe, Flaschen und Stricken bedeckt war. Im Bettchen lag ein kleines Mädchen mit kahlem Schädel von leuchtend roter Farbe, genau wie bei dem jungen Mann, nur röter. Das Mädchen schaute den jungen Mann an, und auf dem Kopfkissen saß die Katze und blickte ihn ebenfalls aufmerksam an.

DIE NEUE SEELE

Man erkennt sie, aber nur, wenn man eine von ihnen ist. Es gibt Zeichen, die sich wiederholen. Nur ganz selten fallen sie jemandem auf. Auch ist es merkwürdig, dass, wenn jemand die Zeichen erkannt hat, er nichts begreift. Was mit ihm selbst passiert, versteht er nicht. Das Herz krampft sich zusammen und das ist alles. Das Auge wird von einer Träne getrübt, von einer überirdischen Trauer, aber eine Erinnerung kommt nicht hoch. Zwei verwandte Seelen gehen im Raum aneinander vorbei.

Man nennt es auch Liebe auf den ersten Blick (dieser Blick begegnet der verwandten Seele möglicherweise nur ein einziges Mal und dann nie wieder).

Momente des Erkennens – einer verwandten Seele oder eines bekannten Ortes, bekannter Worte und Situationen – fallen wie in einen finsteren Abgrund verbotener Erinnerungen. Ein doppeltes Zeichen – Licht aus einer bestimmten Richtung und ein von diesem Licht beleuchtetes Haus genügt, und der Mensch erkennt den Ort. Aber alles, was davor war, danach, warum der Ort und das Licht da sind, das Haus, der Wind – die vertriebene Seele kann es nicht deuten. Sie kann nicht in die vergangene Zeit zurück, in das andere Leben, sie muss das jetzige Leben leben, wie es auch sein mag, ohne das frühere Licht und Glück.

Das Frühere, das Vergangene, ist uns lieb. Es ist von Trauer erleuchtet, von Liebe, dort ist zurückgeblieben, was man

»Gefühl« nennt. Dann wird alles anders, das Leben vergeht ohne Glück, ohne Tränen.

Aber das sind alles Präliminarien. Die eigentliche Geschichte besteht darin, dass es einen Mann in seine Heimatstadt trieb von einer Dienstreise. Er rannte, denn er lief Gefahr, das Flugzeug zu verpassen, also hielt er ein Taxi an, es raste los, wurde aber wegen überhöhter Geschwindigkeit von einer Polizeipatrouille gestoppt. Sie mussten Strafe zahlen, der Fahrer lief aufgeregt hin und her, die Zeit verstrich. Als der Mann zum Gate am Flughafen kam, war alles schon leer, vorbei.

Warum er es so eilig hatte? Am nächsten Morgen sollte sein Sohn zur Armee eingezogen werden, ganz plötzlich, mitten aus dem Studium heraus. Das war dem Mann gerade erst mitgeteilt worden, erst am Abend zuvor hatte er zu Hause anrufen können, alles ist in Ordnung, morgen fliege ich ab. »Du kommst zu spät«, hatte die Frau geheult. Und der Mann war losgerast. Für zwei Jahre ging das geliebte, das einzige Kind, das nicht für so etwas geeignet war, nicht vorbereitet auf die Schwierigkeiten, die Grausamkeiten in der Armee. Ein zarter Junge, liebevoll, gutherzig. Als er klein war, hatte man ihn immer im Hof verdroschen, später in der Schule gab es ebenfalls Probleme und Sadisten, nun war er Student, alles lag hinter ihm, er hatte Freunde gefunden, kluge, behütete Kinder wie er – und dann das! Morgen sollte er weggebracht werden.

Der Mann selbst, der Vater, war nicht mehr jung, auch die Mutter war nicht mehr ganz jung, die beiden hatten sich im reifen Alter kennengelernt, und ihnen ward das Glück geboren, ein schöner, guter Engel, den seine Altersgenossen ihrer Meinung nach nicht zu schätzen wussten, wie ein wilder Stamm den ersten Propheten nicht achtet.

Der Vater hatte bereits eine Tochter, die Alte, wie er sie

nannte, und tatsächlich war sie nicht mehr die Jüngste, die Frucht einer frühen Verbindung, wobei die Mutter seiner Tochter elf Jahre älter war als er. Ihre Beziehung ging auseinander, als der Vater zweiundvierzig war, und die Mutter dreiundfünfzig. Ein schwieriges Alter für beide. Da traf der Vater die Liebe seines Lebens, diese Frau voller Zärtlichkeit, mit einem Wölkchen von Haaren auf dem goldenen Kopf, blauen Augen, eine neue Mitarbeiterin. Und alles war entschieden, und das Wunder kam zur Welt, ein goldgelocktes, zartes Baby, ein Engel. Und sie lebten etwas mehr als achtzehn Jahre zusammen, hielten sich aneinander fest, lebten noch ein zweites, zusätzliches Leben, immer in Sorge um den Jungen.

Und die grausame Vergeltung traf sie tatsächlich, die Tränen und Drohungen der Exfrau und ihre Flüche wurden wahr (Du sollst all das durchmachen, was du mir angetan hast!).

Der Vater verpasste das Flugzeug. Für den Flug am nächsten Morgen gab es keine Plätze mehr. Er bekam einen Teil des Geldes für das Flugticket zurück und stürzte zum Bus, fuhr zum Bahnhof und schaffte es, der Zugbegleiterin unter Tränen etwas zuzurufen, woraufhin sie zur Seite trat und ihn auf den bereits anfahrenden Zug springen ließ, dann in ihr Abteil, auf das obere Bett, wo er sich in dem furchtbar überheizten engen Raum bis zum Morgen quälte, bis der Zug ankam. Der Vater raste in die Wohnung, aber dort war niemand mehr, überall war Müll verstreut, der Telefonhörer lag auf dem Boden und tutete, und im Zimmer des Sohnes klaffte das ungemachte Bett wie nach einer Hinrichtung.

Der Vater besann sich und brachte im Nachbaraufgang den Sammelpunkt der Rekruten in Erfahrung, im Nebenhaus wohnte ein Klassenkamerad des Sohnes, der ihn früher immer gequält hatte, aber das war jetzt egal. Dessen Großmutter sagte dem Vater, wohin er laufen müsse, all ihre Verwandten seien schon da, um ihr Jungchen nach der durchzechten Nacht zu verabschieden.

Der Vater traf rechtzeitig ein. Der Junge marschierte gerade mit einer Truppe verkaterter, hässlicher, kichernder, niedergeschlagener Jungen ab.

Er klammerte sich an den Ärmel seines Sohnes, fing an zu schreien und kam in Amerika wieder zu sich, in Gestalt des glücklosen Emigranten Grischa, der von seiner arbeitsamen Frau ein halbes Jahr, nachdem sie die Greencard bekommen hatten, verlassen wurde. Sie arbeitete als Putzfrau am Hafen in einem riesigen Supermarkt, und heiratete ihren Schulfreund, einen Professor. Sie hatten sich in diesem Hafen wiedergetroffen. Ein glücklicher Zufall! Grischa warfen sie weg wie einen Scheuerlappen.

Im Augenblick unserer Erzählung war dieser gerade aus dem Irrenhaus entlassen worden, aus der Klapsmühle, wo er, ohne die Sprache zu verstehen, die ganze Zeit vor dem Fernseher gesessen und sich nicht in die wilden Streitereien eingemischt hatte, welcher Sender eingeschaltet werden solle; Grischa war nach dem dritten Selbstmordversuch dort eingeliefert worden.

Eines Tages hatte er sich dort in einer armseligen Sprache, die er sich aus der Glotze angeeignet hatte, mit einem verrückten Schwarzen unterhalten, der ohne Unterlass schrie, er werde die Weißen umbringen, ganze zehn von diesen Stinkern hatte er schon umgebracht, das heißt, das behauptete er zumindest, und er war bereit, dafür auf den elektrischen Stuhl zu gehen, er war froh, für eine Idee zu sterben, damit sein Name zum Symbol des Kampfes werde. Grischa war der Erste, der überhaupt verstand, was er da sagte und antwortete ihm, na los, erschlag mich, erschlag mich, please. Erwürge mich, mach, was du willst, sagte Grischa zu seiner eigenen Überraschung (er begriff nicht, dass in ihm jetzt die Seele des unglücklichen Vaters hauste, der vieles beherrschte, zum Beispiel fünf Sprachen). Erschlag mich, bitte, heulte Grischa, und da brachten sie ihn weg und gaben ihm eine Beruhigungsspritze.

Der schwarze Onkel Tom fiel aus allen Wolken und stieß in seiner Phantasiewelt des gerechten Rassenkampfs auf einen Weißen, der zu sterben verlangte. Er überlegte, ob er seinen Racheakt überhaupt noch ein elftes Mal an einem Weißen ausüben sollte, und ging los, um herauszukriegen, was mit dem armen weißen Stinker los sei, der sich am Ende als dreckiger Russe erwies, der seiner Meinung nach weit unter jedem Ureinwohner stand, ganz zu schweigen von Onkel Tom selbst, einem Aristokraten und Bürger der Vereinigten Staaten!

Da begann Onkel Tom den Russen unter seine Fittiche zu nehmen, brachte ihm bei, auf dem Bildschirm die Hauptfeinde der Demokratie auszumachen – die Senatoren und den Präsidenten, und noch eine dicke alte Oma in kurzem schiefsitzenden Rock, der ewig hochrutschte. Onkel Tom erzählte Grischa viel, seinen weisen Kopf hin und her wiegend und mit seinen dünnen Fingern gestikulierend, und Grischa hörte nicht auf zu weinen.

Er wusste nicht, dass er Sohn und Frau beweinte, die er auf der Straße, nicht weit vom Sammelpunkt der Rekruten neben seinem Leichnam kniend zurückgelassen hatte. Er wusste nicht, dass sie den Jungen gar nicht eingezogen hatten, die Frau versteckte ihn und wimmerte. Das heißt, sie wimmerte neben dem Leichnam und hatte dem Sohn längst zugeflüstert: »Lauf zu Tante Walja nach Udelnaja«, und der Sohn hatte die Beine unter den Arm genommen und war noch vor Eintreffen des Notarztes auf und davon.

Grischa quälte sich, schluchzte, war sich selbst ganz

fremd, und plötzlich entdeckte er am Hals ein winziges Loch, aus dem Tränen flossen, als sei es noch ein zusätzliches Auge. Er hatte seltsame Träume, irgendein wolkenloses Glück, eine Liebe, die ihn umhüllte, ihn wiegte, beruhigte.

Von den Spritzen trübte sich sein Bewusstsein, er erstarrte und hörte auf zu weinen, doch das Auge am Hals tränte.

Mit der Zeit aber ging der Schock vorüber, und Grischa sollte entlassen werden. Onkel Tom war in einen anderen Trakt der Klinik überführt worden, wo er sich einen kleinen schwarz-weißen Kater aussuchte, den er beschützen konnte und von dem er sich nicht mehr trennte, noch eine unterdrückte Rasse, in Amerika war kein Platz für streunende Kater. Der Kater war wie vom Himmel gefallen, Tom hatte ihn aufgelesen und kam zu Grischa, um Abschied zu nehmen, und zeigte ihm seinen Schatz auf dem Arm.

Grischa aber hatte ein Kellerzimmer bei einer Russin gemietet, einen Raum mit Toilette, aber ohne Dusche. Dorthin kam eines Tages die Kusine der russischen Vermieterin zu Besuch, eine schwermütige grauhaarige Frau. Grischa sah sie im Vorübergehen, als er in seinen kleinen Keller hinunterstieg, er sah sie im Vorgarten sitzen. Sie trank Tee. In ihrem Auge tanzte ein Sonnenstrahl, den der Teelöffel spiegelte, mit dem sie unentwegt in der Tasse rührte. Ihr Gesicht sah traurig und verloren aus.

Die Frau rührte gedankenlos in der Tasse, und der Lichttupfen blinkte auf ihrem roten Näschen und in ihrem blauen Auge, das wie ein beseelter Edelstein schillerte.

In diesem Augenblick kam es zu einem doppelten Zeichen, zwei Seelen begegneten einander und erkannten sich nicht.

Fünf Minuten später rannte Grischa plötzlich nach oben und setzte sich der Frau gegenüber. Die Vermieterin war nicht mehr da, sie war zur Universität gegangen, an der sie unterrichtete. Die Frau trank keinen einzigen Schluck und hob auch nicht den Blick. Grischa schloss sie in sein verlassenes Herz, heiratete sie, fuhr mit ihr nach Moskau und lernte dort ihren schwermütigen, blassen, lockigen Sohn kennen.

Als Grischa diesem Aljoscha Guten Tag sagte, trat eine Träne in das dritte unsichtbare Auge am Hals und rann heraus, die bittere, kleine Träne des toten Vaters. Aljoscha war nicht eingezogen worden, und zwar wegen seines toten Vaters, so erzählte es Grischas neue Frau. Der Sohn war nun ihr Ernährer, und das Gesetz gestattet es in solchen Fällen (immerhin gibt es Nachsicht mit alten Menschen), sich vom Armeedienst befreien zu lassen. Obwohl sie im Militärkommissariat rumgeschrien und darauf bestanden hatten, Aljoscha solle erst einmal in die Armee gehen, später würden sie ihn dann laufen lassen (offenbar mussten sie eine bestimmte Anzahl an jungen Männern zusammenkriegen, und nun war einer zu wenig). Die Frau war herumgerannt, hatte Dokumente besorgt, Aljoscha hielt sich derweil versteckt. Jede Nacht suchte ein Polizist in der Wohnung nach ihm, und das zur selben Zeit, als die Beerdigung war! Grischa hörte sich all diese Erzählungen viele, viele Male weinend an.

Aljoscha aber nahm seinen neuen Vater nicht an. Er war entsetzt vom raschen Wandel des Seelenzustands seiner Mutter, von ihrem wahrhaften Verrat, sie hatte noch nicht mal ein Paar Schuhe abgelaufen und warf sich schon einem anderen an den Hals. Aljoscha weigerte sich strikt nach Amerika zu gehen, seine Mutter aber, die gut zwanzig Jahre jünger aussah, weich, goldhaarig, blauäugig, voller Liebe, ging mit dem neuen Mann für immer dorthin, wo die Seele ihres ersten Mannes lebte, und niemand erklärte ihnen was.

DIE NEUEN ROBINSONS

Eine Chronik vom Ausgang des 20. Jahrhunderts

Mein Vater und meine Mutter wollten schlauer sein als alle anderen und zogen sich, *bevor alles losging*, mit mir und einer Ladung gehorteter Lebensmittel aufs Dorf zurück, in die finsterste, verlassene Provinz, irgendwo hinter dem Flüsschen Mora*. Unser Haus hatten wir für wenig Geld gekauft, und dann stand es einfach so da, einmal im Jahr, Ende Juni, fuhren wir hin, um Beeren zu sammeln, sie sollten gut für meine Gesundheit sein, und dann noch mal im August, wenn in den verlassenen Gärten die Äpfel reif waren, die Schlehen und die winzigen, verwilderten schwarzen Johannisbeeren, und es in den Wäldern Himbeeren und Pilze gab. Das Haus hatten wir praktisch auf Abriss gekauft, wir nutzten es, ohne etwas zu reparieren, bis mein Vater eines schönen Tages einen Fahrer anheuerte und wir im Frühling, kaum dass alles getrocknet war, mit unserer Ladung Lebensmittel aufs Land fuhren, wie die Robinsons, mit allerlei Gartengerät, außerdem einem Gewehr und der Windhündin Krassiwaja, die Schöne, die unserer Überzeugung nach im Herbst für die Familie Hasen jagen würde.

Mein Vater begann fieberhaft herumzuwirtschaften, er grub den Garten um, wobei er das Nachbargrundstück

---

* assoziiert im Russ.: Erschöpfung, Vernichtung, Seuche.

gleich mit in Beschlag nahm, wozu er die Pfähle ausgrub und den Zaun des nicht existierenden Nachbarn versetzte. Wir gruben also den Garten um, legten Kartoffeln, drei Sack, lockerten den Boden unter den Apfelbäumen, und Vater ging in den Wald und stach Torf. Wir organisierten eine zweirädrige Schubkarre, überhaupt durchstöberte mein Vater äußerst aktiv die mit Brettern vernagelten Nachbarhäuser und deckte sich mit allem ein, was ihm unter die Finger kam: Nägel, alte Bretter, Dachpappe, Blech, Eimer, Bänke, Türklinken, Fensterglas, diverser brauchbarer Trödel wie Tröge, Spinnräder, Wanduhren, und diverser unnützer Trödel wie gusseiserne Töpfe, gusseiserne Ofentüren, Ofenklappen, Herdplatten und Ähnliches. Im ganzen Dorf lebten nur drei Frauen: Anisja, dann die völlig verwahrloste Marfutka und die rothaarige Tanja, die als Einzige Familie hatte und deren Kinder mit dem eigenen Auto anreisten, Sachen hinschaffen und Sachen wegschaffen, hin schleppten sie städtische Konserven, Käse, Butter und Lebkuchen und zurück Salzgurken, Kohl und Kartoffeln. Tanjas Vorratskeller war voll, sie hielt ihren Hof gut in Schuss, ein mickriger Enkel wohnte bei ihr, Walerotschka mit Namen, der es ständig mit den Ohren oder die Krätze hatte. Tanja war gelernte Krankenschwester, ihre Ausbildung hatte sie im Lager an der Kolyma erhalten, wohin sie wegen eines geklauten Kolchosferkels geschickt wurde, mit siebzehn. Des Volkes Pfad zu ihr wuchs niemals zu, ihr Ofen war geheizt, die Schäferin Werka aus dem Nachbardorf Tarutino, das bewohnt war, erschien regelmäßig bei ihr, und ich hörte, wie sie schon von Weitem rief: »Tanja, setz Teewasser auf!« Großmutter Anisja, der einzige Mensch im Dorf (Marfutka zählte nicht, und Tanja war kein Mensch, sondern eine Verbrecherin), berichtete uns, dass Tanja seinerzeit hier in Mora Leiterin der Ambulanz und praktisch die wichtigste Person am Platz gewesen sei, bei ihr wären die wichtigsten Sachen passiert, ihr halbes Haus hätte sie an die Ambulanz vermietet, und Geld wäre auch im Spiel gewesen. Anisja hatte selbst fünf Jahre bei Tanja gearbeitet, was dazu führte, dass sie völlig ohne Rente blieb, weil sie nicht die nötigen fünfundzwanzig Jahre im Kolchos zusammenbekam, und die fünf Jahre Putzen in der Ambulanz zählten nicht. Mama war mit Anisja zur Sozialfürsorge nach Priserskoje gefahren, aber die Sozialfürsorge war längst und auf alle Ewigkeit geschlossen, und damit hatte sich die Sache, Mama tippelte mit der verschreckten Anisja die fünfundzwanzig Kilometer zurück bis nach Mora, und Anisja machte sich mit neuem Eifer ans Umgraben, Holzhacken und Reisig und Stämme ins Haus schleppen: Denn sonst, wenn sie sich auf die faule Haut gelegt hätte, wäre ihr der Hungertod sicher gewesen, das leibhaftige Beispiel dafür war Marfutka, die schon fünfundachtzig war, sie heizte ihre Hütte nicht mehr, und die Kartoffeln, die sie im Herbst mit Müh und Not ins Haus geschleppt hatte, waren im Winter erfroren und lagen als nasser, stinkender Haufen rum, trotzdem hatte sich Marfutka irgendwie durchgebissen und wollte sich von ihrer einzigen Habe, den verfaulten Kartoffeln, partout nicht trennen, obwohl mich Mama einmal mit der Schaufel zu ihr geschickt hatte, das Zeugs wegkratzen. Aber Marfutka machte mir nicht auf, sie sah durch ihr mit Lumpen zugestopftes Fenster, dass ich mit der Schaufel kam. Entweder aß Marfutka die Kartoffeln roh, und das ohne einen einzigen Zahn im Mund, oder sie machte Feuer, wenn niemand es sah – wir wissen es nicht. Sie hatte kein einziges Scheit Holz im Haus. Im Frühling erschien Marfutka, in Mengen von schmutzstarrenden Schals, Lappen und Decken gehüllt, ab und zu in Anisjas warmem Haus und hockte da wie eine Mumie, ohne einen Ton zu sagen. Anisja machte nicht mal den Versuch, ihr etwas anzubieten,

Marfutka hockte einfach da, ich habe ihr einmal ins Gesicht geschaut, das heißt in den Teil, den die Lappen freiließen, und gesehen, dass es klein und dunkel war, die Augen wie winzige, nasse Löcher. Marfutka überlebte auch noch den nächsten Winter, aber in den Garten ging sie nicht mehr und schickte sich offenbar an, Hungers zu sterben. Anisja meinte ganz unbekümmert, im vergangenen Jahr wäre Marfutka noch ganz rüstig gewesen, aber jetzt nicht mehr, ihre Zehen seien schon ganz krumm, sie schauten wohl schon ins Jenseits. Meine Mutter nahm mich mit, und wir legten für Marfutka Kartoffeln, ungefähr einen halben Eimer. Marfutka beobachtete uns vom Hof aus und war ganz aufgeregt, offenbar fürchtete sie, wir würden uns ihren Garten unter den Nagel reißen, aber zu uns herauszukrauchen traute sie sich nicht, meine Mutter ging selbst zu ihr rein und gab ihr einen halben Eimer Kartoffeln. Anscheinend verstand Marfutka das so, dass wir ihr den Garten für einen halben Eimer Kartoffeln abkaufen wollten, sie bekam einen Heidenschreck und wollte die Kartoffeln nicht annehmen. Am Abend wollten Papa, Mama und ich bei Anisja Ziegenmilch holen, und da hockte schon Marfutka. Anisja erklärte, sie hätte uns in Marfutkas Garten gesehen. Mama antwortete, wir hätten beschlossen, der alten Marfutka zu helfen. Aber Anisja meinte, Marfutka rüste sich für die Reise ins Jenseits, sie brauche keine Hilfe, sie finde den Weg allein. Hier sei erwähnt, dass wir Anisja nicht mit Geld bezahlten, sondern mit Konserven und Tütensuppen. Doch lange konnte das nicht mehr so weitergehen, die Ziege hatte Milch, und zwar jeden Tag mehr, und unsere Konserven reichten gerade mal für uns selbst. Wir mussten uns auf einen weniger üppigen Gegenwert einigen, und meine Mutter erklärte Anisja, unsere Konserven gingen zu Ende, wir hätten selbst nichts zu essen und könnten also keine Milch mehr kaufen. Worauf die findige

Anisja meinte, sie käme morgen mit einem Schraubglas Milch vorbei und dann würden wir sehen, wenn wir vielleicht Kartoffeln hätten, würden wir schon sehen. Anscheinend ärgerte sich Anisja, dass wir unsere Kartoffeln an Marfutka hergaben und nicht für ihre Milch, sie wusste ja nicht, wie viele Kartoffeln wir in der mageren Frühlingszeit in Marfutkas Garten vernichtet hatten, und ihre Phantasie arbeitete wie eine Dampflok. Anscheinend wälzte sie die verschiedenen Varianten von Marfutkas baldigem Ende, sie hoffte an ihrer statt die Ernte einzubringen und war schon im Voraus sauer auf uns, die Besitzer der gelegten Kartoffeln. Alles nicht so einfach, wenn es ums Überleben geht in Zeiten wie den unsrigen, ums Überleben eines alten, hilflosen Menschen neben einer starken jungen Familie (mein Vater und meine Mutter waren beide zweiundvierzig, ich war achtzehn).

Am Abend kam zuerst Tanja zu uns, in ihrem Ausgehmantel, gelben Gummistiefeln und mit der neuen Einkaufstasche. Sie brachte uns ein in saubere Lappen gewickeltes, von der Sau erdrücktes Ferkel. Sie wollte rauskriegen, ob wir in Mora gemeldet waren, und sie erklärte, viele Häuser hätten noch Besitzer, und sie kämen bestimmt, wenn man ihnen schriebe. Das wären keine verlassenen Häuser und kein verlassenes Hab und Gut, und jeder einzelne Nagel gehörte gekauft und dann erst eingeschlagen. Abschließend erinnerte uns Tanja noch einmal an den versetzten Zaun und daran, dass Marfutka noch lebte. Das Ferkel bot sie uns für Geld an, gegen Papierrubel, und am selben Abend noch zerhackte und pökelte Papa das tote Ferkel, das in den Lappen aussah wie ein Kind. Die Äuglein mit Wimpern und so weiter.

Als Tanja weg war, kam Anisja mit ihrem Glas Ziegenmilch, und bei einer Tasse Tee einigten wir uns schnell auf den neuen Preis: für eine Konserve drei Tage Milch. Anisja fragte voller Hass nach Tanja, was sie bei uns gesucht habe, und billigte unseren Entschluss, Marfutka unter die Arme zu greifen, obwohl sie lachend über Marfutka sagte, dass sie stinke.

Die Ziegenmilch und das erdrückte Ferkel sollten uns vor Skorbut bewahren, außerdem zog Anisja ein Zicklein auf, und wir beschlossen, es für zehn Dosen zu kaufen, aber nicht gleich, sondern erst, wenn es ein bisschen größer war, da Anisja besser wusste, wie man mit kleinen Ziegen umgeht. Allerdings hatten wir mit ihr nicht gesprochen, und das blöde Weib, vor Eifersucht auf ihre frühere Chefin völlig meschugge, erschien bald darauf feierlich mit dem in saubere Lappen gewickelten totgeschlagenen Zicklein bei uns zu Hause. Für ihr barbarisches Benehmen bekam sie zwei Dosen Fisch, und Mama brach in Tränen aus. Wir versuchten das frische Fleisch zu kochen, aber man konnte es irgendwie nicht essen, und Papa musste es wieder pökeln.

Ein Zicklein kauften wir trotzdem, dafür machten Mama und ich allerdings einen Gewaltmarsch von zig Kilometern, bis zu einem Dorf hinter Tarutino und wieder zurück, aber wir marschierten wie Touristen, wie auf einer Wanderung, als hätten sich die Zeiten nicht geändert. Wir hatten jede einen Rucksack auf dem Rücken und sangen, im Dorf fragten wir am Brunnen, wo man hier Ziegenmilch zu trinken bekäme, für einen kleinen Laib Brot kauften wir ein Glas Milch und priesen die kleinen Zicklein. Ich flüsterte meiner Mutter ins Ohr, dass ich gerne so ein Zicklein haben wollte. Und ein gutes Geschäft witternd, wurde die Bäuerin ganz hektisch, aber Mama schlug meine Bitte, ebenfalls flüsternd, ab, und da lobte mich die Bäuerin scheinheilig, sie erklärte, sie liebe die Zicklein wie ihre eigenen Kinder und vertraue mir deshalb alle beide an. Aber ich entgegnete: »Ach wo, ein Zicklein ist genug.« Wir handelten rasch einen

Preis aus, die Frau hatte offenkundig keine Ahnung vom heutigen Wert des Geldes und verlangte zu wenig. Sie gab uns sogar noch einen Klumpen Salz mit. Anscheinend war sie felsenfest davon überzeugt, ein gutes Geschäft gemacht zu haben, und wirklich begann das Zicklein, entkräftet von dem anstrengenden Weg, bei uns zu verkümmern. Retterin in der Not war wieder mal Anisja, sie nahm das Zicklein zu sich, vorher beschmierte sie es mit Dreck von ihrem Hof, und da nahm die Ziege das Junge an wie ihr eigenes, drückte es nicht tot. Anisja strahlte.

Das Notwendigste hatten wir zusammen, doch mein rastloser, hinkender Vater ging jetzt andauernd in den Wald. Er nahm ein Beil mit, Nägel, eine Säge und die Karre, bei Morgengrauen ging er aus dem Haus und kam erst wieder, wenn es stockdunkel war. Mama und ich schufteten im Garten, recht und schlecht übernahmen wir Vaters Rolle und beschafften Fensterrahmen, Türen und Scheiben, und dann kochten wir auch noch, räumten auf, holten Wasser zum Wäschewaschen und nähten. Aus alten Schafspelzen, die wir in den Häusern aufstöberten, schusterten wir so etwas wie Filzstiefel zusammen, nähten uns Fausthandschuhe und fertigten Fellunterbetten an. Als mein Vater nachts auf ein solches Unterbett stieß, befühlte er es, rollte auf der Stelle alle drei zusammen und fuhr sie gleich am nächsten Morgen mit der Karre weg. Es sah aus, als würde mein Vater ein zweites Lager einrichten, und zwar im Wald, was sich später als äußerst zweckmäßig erwies. Erweisen sollte sich aber auch, dass einen weder Arbeit noch kluge Voraussicht vor dem Schicksal bewahren, das man mit allen teilt, nichts kann einen retten außer – man hat Glück.

Währenddessen hatten wir den schrecklichen Juni zu überstehen, wo auf dem Dorf die Vorräte gewöhnlich zu Ende gehen. Wir fraßen Löwenzahnsalat und kochten

Brennnesselsuppe, aber hauptsächlich rupften wir Gras, und das Rucksäcke- und Taschenschleppen nahm überhaupt kein Ende. Mähen hatten wir nicht gelernt, außerdem stand das Gras noch nicht sehr hoch. Schließlich gab uns Anisja die Ziege (für zehn Rucksack Gras, und das ist eine ganze Menge), und Mama und ich gingen abwechselnd mähen. Noch einmal, wir lebten fern von der Welt, ich hatte schreckliche Sehnsucht nach meinen Freundinnen und Freunden, aber wir waren von allem abgeschnitten, mein Vater hörte zwar ab und zu Radio, aber selten, er schonte die Batterien. Das Radio brachte nur verlogenes und ungenießbares Zeug, wir aber mähten, und unser Zicklein Raja wuchs heran, und wir mussten ihm ein Böcklein besorgen, wir gingen wieder in dasselbe Dorf, wo die uns bereits bekannte Besitzerin eines weiteren Zickleins lebte. Damals hatte sie es uns aufschwatzen wollen, und wir hatten das Böcklein nicht zu schätzen gewusst! Die Bäuerin empfing uns unwirsch, dort wussten schon alle über uns Bescheid, bloß nicht, dass unsere Ziege noch existierte, unsere Raja war ja bei Anisja aufgewachsen. Daher die Unfreundlichkeit: Die Bäuerin hatte uns das Zicklein verkauft, und wenn wir es nicht hüten konnten, war es unser Pech. Das Böcklein wollte sie nicht hergeben. Mehl hatten wir keins mehr, weder Mehl noch Fladen – außerdem hatte ihr Ziegenbock schon ein ganz schönes Gewicht, und drei Kilo Frischfleisch kosteten in diesen mageren Jahren Gott weiß wie viel. Wir wurden erst handelseinig, als wir ihr ein Kilo Salz und zehn Riegel Seife boten. Aber das war uns die künftige Milch wert. Nachdem wir der Bäuerin eingeschärft hatten, dass wir den Bock lebend brauchten, liefen wir nach Hause, die Sachen holen. »Glaubt ihr, ich mach mir wegen euch die Finger schmutzig«, antwortete die Bäuerin. Gegen Abend waren wir mit dem Ziegenbock endlich zu Hause, und der raue Sommeralltag begann: Heumahd, Unkraut jäten, Kartoffeln häufeln, und das alles im Takt mit Anisja ... Wie vereinbart bekamen wir von ihr die Hälfte der Ziegenknödel und düngten damit den Boden, aber bei uns wuchs alles schlecht, alles sah mickrig aus. Anisja, von der Heumahd freigestellt, pflockte die Ziege und den ganzen Ziegenkindergarten in unserer Sichtweite an, ging Pilze und Beeren sammeln und kam dann bei uns vorbei und begutachtete unsere Arbeit. Den Dill mussten wir noch mal aussäen, weil wir die Samen zu tief in die Erde gebracht hatten, wir brauchten ihn aber zum Gurkeneinlegen. Die Kartoffeln schossen ins Kraut. Meine Mutter und ich studierten das »Handbuch für den Gemüsegärtner«, mein Vater war endlich mit seiner Arbeit im Wald fertig, und wir gingen uns seine neue Behausung ansehen. Es war irgendeine alte Hütte, mein Vater hatte sie wohl teilweise erneuert, auf jeden Fall abgedichtet, Rahmen, Fensterscheiben und Türen eingesetzt und das Dach mit Dachpappe gedeckt. Das Haus war noch leer. In den folgenden Nächten fuhren wir Tische, Bänke, Truhen, Kübel, Töpfe und die verbliebenen Vorräte dorthin und versteckten alles, mein Vater hatte nämlich einen Vorratskeller ausgehoben, fast eine richtige unterirdische Hütte, mit Ofen, unser drittes Haus. In Vaters kleinem Garten blühte schon alles.

Im Laufe des Sommers wurden meine Mutter und ich zu groben Bäuerinnen mit klobigen Fingern und Händen, mit dicken, klobigen Nägeln, in die sich der Dreck gefressen hatte, und das Tollste war, am Nagelbett hatten sich kleine Wülste gebildet: Hornverdickungen, richtige Auswüchse. Das Gleiche sah ich auch bei Anisja, sogar die faule Marfutka hatte solche Hände, bei Tanja, unserer feinen Dame und Krankenschwester, die gleiche Geschichte. Übrigens: Tanjas Dauergast, die Schäferin Werka, hatte sich im Wald erhängt, Schäferin war sie längst nicht mehr gewesen, die Herde war aufgegessen, und Anisja hatte Tanja schlechtgemacht und uns ihr Geheimnis preisgegeben: Werka hätte von Tanja keinen Tee bekommen, sondern eine Medizin, und ohne die hätte sie nicht mehr leben können und sich aus diesem Grund erhängt, denn sie wusste nicht mehr, wie bezahlen. Werka hinterließ eine kleine Tochter, dazu noch ohne Vater. Anisja, die Beziehungen nach Tarutino hatte, wusste zu berichten, dass die kleine Tochter bei der Großmutter lebte, und diese Großmutter war nach Anisjas triumphierender Auskunft genauso ein Prachtstück wie unsere Marfutka, nur dass sie außerdem noch soff, und so holte meine Mutter die Dreijährige, die schon völlig apathisch in ihrem alten Kinderwagen lag, zu uns. Mama kann nie genug kriegen, mein Vater spuckte Gift und Galle, das Mädchen pinkelte ins Bett, sprach nicht, der Rotz lief ihm in den Mund, es verstand kein Wort und weinte nachts stundenlang. Dieses nächtliche Geplärre machte bald allen das Leben zur Hölle, und mein Vater flüchtete in den Wald. Es war nichts zu machen, alles lief darauf hinaus, das Mädchen seiner liederlichen Großmutter zurückzugeben, als diese Großmutter Faina plötzlich selbst bei uns erschien, wankend, und für das Mädchen und den Kinderwagen Geld rausschinden wollte. Wortlos brachte meine Mutter ihr die Kleine vor die Tür, sauber und mit geschnittenen Haaren, zwar barfuß, jedoch im Kleidchen. Plötzlich fiel die kleine Lena meiner Mutter zu Füßen, ohne einen Schrei, wie eine Erwachsene, und krümmte sich, die nackten Füße meiner Mutter umklammernd. Die Großmutter brach in Tränen aus und ging ohne Lena und ohne den Kinderwagen von dannen, wahrscheinlich, um ihr Leben auszuhauchen. Im Gehen wankte sie und wischte sich mit den Fäusten die Tränen, doch wankte sie nicht vom Schnaps, sondern vor Entkräftung, wie mir später aufging. Ihre Wirtschaft war schon lange am Boden, und

Werka hatte ja in der letzten Zeit überhaupt nichts mehr verdient. Wir selbst aßen ja fast nur noch gekochte Kräuter in den verschiedensten Variationen, meistens mit Pilzsuppe. Die Ziegenlämmer lebten schon lange bei meinem Vater, weit weg von dem ganzen Schlamassel, der Weg dorthin war völlig zugewachsen, zumal mein Vater im Hinblick auf künftige Zeiten mit der Karre immer einen anderen Weg einschlug. Lena blieb bei uns, wir gaben ihr von unserer Ziegenmilch ab und fütterten sie mit Beeren und unserer berühmten Pilzsuppe. Alles sah viel schlimmer aus, wenn wir an den Winter dachten. Wir besaßen weder Mehl noch Getreide, im ganzen Umkreis war nichts ausgesät worden, denn es gab seit Langem weder Benzin noch Ersatzteile, und die Pferde waren noch früher geschlachtet worden, so hatten wir nichts zum Pflügen. Mein Vater suchte die brachliegenden Felder nach liegen gebliebenen Ähren ab, aber vor ihm hatten schon andere gesucht, und das nicht nur einmal. So blieb für ihn nur wenig übrig, alles in allem ein kleines Säckchen Körner. Er hoffte, auf einer Lichtung im Wald nahe der Hütte Wintergetreide auszusäen, er erkundigte sich bei Anisja nach den Saatzeiten, und sie versprach ihm zu sagen, wann und wie man pflügen und säen muss. Den Spaten wollte sie nicht hergeben, einen Pflug aber gab es nirgends. Mein Vater bat sie, ihm einen aufzuzeichnen, und dann hämmerte er sich, ganz wie Robinson, das Gerät selber zusammen. Anisja konnte sich nicht mehr an alle Einzelheiten erinnern, obwohl sie dereinst oft hinter Pflug und Kuh hergelaufen war. Meinen Vater hatte das Konstruktionsfieber gepackt, und er ging daran, das Fahrrad neu zu erfinden. Sein neues Los machte ihn glücklich, und er dachte keine Sekunde mehr an die Stadt, in der er viele Feinde zurückgelassen hatte, darunter auch seine Eltern – meine Großmutter und meinen Großvater, die ich nur in meiner früheren Kindheit gesehen hatte, später war alles in Streite-reien untergegangen, wegen meiner Mutter und Großvaters Luxuswohnung, der Kuckuck soll sie holen mitsamt den Zimmerdecken, Klo und Küche. Es ist uns nicht vergönnt ge-wesen, darin zu wohnen, inzwischen aber hatte es meine Großeltern bestimmt dahingerafft. Wir hatten niemandem etwas gesagt, als wir aus der Stadt verschwanden, obwohl sich mein Vater lange auf die Abreise vorbereitet hatte, wes-halb wir es ja auch zu einem ganzen Laster voller Säcke und Kisten gebracht hatten. Die Sachen waren alle billig gewesen und damals noch keine Mangelware. Mein Vater, ein weit-sichtiger Mensch, hatte sie im Laufe mehrerer Jahre zusam-mengesammelt, als sie wirklich noch billig und leicht zu kriegen waren. Als ehemaliger Sportler, Bergsteiger und Geo-loge hatte er nach seiner Becken- und Beinverletzung schon viele Jahre den Wunsch gehabt, wegzugehen, und nun tra-fen die Umstände mit seiner progressiven Fluchtmanie zu-sammen, und wir machten uns aus dem Staub, als der Him-mel noch wolkenlos war. »Ganz Spanien unter wolkenlosem Himmel«, witzelte mein Vater an jedem sonnigen Morgen.

Es wurde ein herrlicher Sommer, alles reifte und füllte sich mit Saft, unsere Lena fing an zu sprechen, lief uns im Wald immer hinterher, suchte nicht mit nach Pilzen, son-dern hing meiner Mutter ewig am Rockzipfel, wie fest-genäht, und als gäbe es nichts Wichtigeres in ihrem Leben. Vergeblich versuchte ich sie auf Pilze und Beeren aufmerk-sam zu machen, ein Kind in ihrer Situation konnte nicht einfach leben und die Erwachsenen in Ruhe lassen, sie musste ihre Haut retten und klebte an meiner Mutter, auf ihren kurzen Beinchen und mit ihrem aufgeblähten Bauch rannte sie ihr ständig nach. Lena sagte Njanja* zu meiner

---

* Kinderwort für Amme.

Mutter, irgendwo musste sie dieses Wort aufgeschnappt haben, von uns jedenfalls hatte sie es nicht. Zu mir sagte sie auch Njanja, sehr geistreich übrigens.

Eines Nachts hörten wir vor der Tür ein Piepsen, wie von einem Kätzchen, und fanden einen in eine alte, ölverschmierte Wattejacke gewickelten Säugling. Meinem Vater, der sich mit Lena abgefunden hatte und sogar tagsüber zu uns kam, um die Wirtschaft in Schuss zu halten, platzte endgültig der Kragen. Meine Mutter reagierte sauer und wollte von Anisja erfahren, wer das gewesen sein konnte. Mit dem Kind im Arm und mit der schweigsamen Lena machten wir uns nachts zu Anisja auf. Die schlief nicht, auch sie hatte das Kind schreien hören und war schrecklich aufgeregt. Sie erzählte uns, in Tarutino wären die ersten Flüchtlinge eingetroffen, bald würden auch zu uns welche kommen, das könne ja heiter werden. Das Kind quäkte markerschütternd und pausenlos, sein Bauch war hart und aufgebläht. Tanja, die wir am nächsten Morgen zur Untersuchung holten, meinte, ohne das Kind angerührt zu haben, es sei mit ihm bald zu Ende, schwere Ernährungsstörung. Das Kind quälte sich, es schrie, wir aber hatten nicht mal einen Sauger zum Trinken, und als meine Mutter ihm Wasser in den ausgetrockneten Mund träufelte, verschluckte es sich. Der Säugling sah aus wie vier Monate. Mama lief nach Tarutino und tauschte bei den Einheimischen ein Häufchen Salz gegen einen Sauger, ganz aufgekratzt kam sie zurück, und das Kind trank ein bisschen Wasser aus der Flasche. Mama machte ihm einen Einlauf, sogar mit Kamille, wir alle, mein Vater inbegriffen, rannten emsig hin und her, machten Wasser heiß und legten dem Kind eine Wärmflasche auf den Bauch. Allen war klar, dass wir das Haus, den Garten und unsere geordnete Wirtschaft schleunigst verlassen mussten, sonst würde man uns bald auf die Spur kommen. Den Garten aufgeben hieße den Hungertod sterben. Der Familienrat tagte, und mein Vater erklärte, Mutter und ich würden in den Wald umziehen, während er sich mit dem Gewehr und dem Hund im Schuppen beim Gemüsegarten niederlassen wollte.

In der Nacht machten wir uns mit der ersten Fuhre auf den Weg. Der Junge, den wir Naiden* tauften, lag in der Karre auf den Bündeln. Zur Verwunderung aller tat der Einlauf seine Wirkung, der Kleine trank ein bisschen verdünnte Ziegenmilch, und nun lag er, an der Karre festgeschnallt, im Schaffell, Lena ging nebenher und hielt sich an den Bündeln fest.

Im Morgengrauen kamen wir in unserem neuen Zuhause an. Mein Vater ging sofort wieder los, um die zweite und dritte Fuhre zu holen. Wie eine Katze schleppte er mit den Zähnen immer neue Junge herbei, das heißt all das, was er mit seiner eigenen Hände Arbeit herangeschafft hatte. Die kleine Hütte war bald bis oben hin voll. Am Tage, als wir alle erschöpft eingeschlafen waren, bezog mein Vater seinen Posten. Nachts brachte er eine Karre mit ausgegrabenem jungem Gemüse an: Kartoffeln, Mohrrüben und Rote Bete, Rettiche und kleine Zwiebeln. Wir breiteten alles im Vorratskeller aus. In derselben Nacht noch machte er sich erneut auf die Socken und kehrte beinahe im Laufschritt, mit leerer Karre wieder zurück. Niedergeschlagen kam er angehumpelt und sagte: »Alles im Eimer!« Ein Schraubglas Milch für den Kleinen hatte er noch dabei. Es stellte sich heraus, dass unser Haus von irgendeinem Wirtschaftskommando besetzt war, vor dem Garten stand ein Wachtposten, Anisjas Ziege hatten sie auch in unser ehemaliges Haus gebracht. Seit Anbruch der Nacht hatte Anisja mit dem Gläschen Milch vom Vor-

* Findling.

abend meinem Vater auf seinem Kriegspfad aufgelauert. Mein Vater war zwar geknickt, aber er freute sich auch, dass es ihm abermals gelungen war zu entkommen, und das mit der ganzen Sippe.

Unsere einzige Hoffnung waren nun Vaters kleiner Gemüsegarten und die Pilze im Wald. Lena blieb mit dem Jungen in der Hütte, wir nahmen sie nicht mit in den Wald, schlossen sie ein, damit sie uns nicht von der Arbeit abhielt. Und seltsam, mit dem Jungen blieb sie allein, ohne gegen die Tür zu trommeln. Naiden trank schmatzend seine Kartoffelbrühe, während meine Mutter und ich mit Körben und Rucksäcken durch die Wälder streiften. Die Pilze legten wir nicht mehr ein, sondern trockneten sie nur noch, das Salz ging zur Neige. Mein Vater grub einen Brunnen, bis zum Bach war es ziemlich weit.

Am fünften Tag nach unserer Umsiedlung tauchte Großmutter Anisja bei uns auf. Sie kam mit leeren Händen, außer der Katze auf ihrer Schulter hatte sie nichts dabei. Anisjas Augen blickten so merkwürdig. Sie saß eine Weile auf dem Treppchen und hielt die verängstigte Katze in ihrem Rockschoß, dann rappelte sie sich auf und ging in die Wälder. Die Katze verkroch sich unter der Treppe. Nicht lange, und Anisja kehrte mit der Schürze voller Pilze zurück, ein Fliegenpilz war auch dabei. Anisja blieb auf der Treppe sitzen, sie wollte nicht ins Haus. Wir brachten ihr unser mageres Süppchen raus, in dem Glas, in dem sie uns die Milch gegeben hatte. Abends schaffte mein Vater Anisja in die Erdhütte, unser drittes Reservequartier, wo sich Anisja ausruhte, um dann rüstig durch die Wälder zu streifen. Die Pilze nahm ich ihr weg, damit sie sich nicht vergiftete. Einen Teil trockneten wir, den anderen warfen wir fort. Als wir eines Tages aus dem Wald zurückkehrten, fanden wir alle unsere Ziehkinder vereint auf der Treppe sitzen. Anisja wiegte Naiden und benahm sich überhaupt wie ein Mensch. Sie redete auf Lena ein, und die Worte sprudelten nur so: »Alles haben sie durchschnüffelt, alles haben sie weggeholt. Bei Marfutka haben sie nicht mal die Nase reingesteckt, aber mir haben sie alles weggenommen, die Ziege haben sie am Strick fortgeführt ...«

Anisja machte sich noch lange nützlich, hütete unsere Ziegen, bis der Frost kam, passte auf Naiden und Lena auf. Dann kroch sie mit den Kindern auf den Ofen und kletterte nur zum Austreten runter. Der Winter wehte alle Wege zu uns zu, wir hatten Pilze, Beeren, getrocknet und eingekocht, Kartoffeln aus Vaters Gemüsegarten, den Dachboden voller Heu, eingelegte Äpfel von verlassenen Grundstücken im Wald und sogar ein Fässchen mit eingelegten Gurken und Tomaten. Auf der Waldparzelle wuchs, vom Schnee zugedeckt, das Wintergetreide. Es gab die Ziegen. Es gab den Jungen und das Mädchen zur Fortsetzung des Menschengeschlechts, es gab die Katze, die uns freche Waldmäuse brachte, es gab die Hündin Krassiwaja, die diese Mäuse nicht fressen wollte, mit der mein Vater aber bald auf Hasenjagd zu gehen gedachte. Mit dem Gewehr zu jagen traute mein Vater sich nicht, er hatte sogar Angst, Holz zu fällen, weil er fürchtete, der Krach könnte uns verraten. Wenn Schneestürme tobten, ging mein Vater Holz fällen. Es gab die Großmutter, den Born der Volksweisheit. Rings um uns lagen die eisigen Fluren.

Einmal jedoch schaltete mein Vater das Radio ein und suchte lange nach einem Sender. Der Äther schwieg. Entweder waren die Batterien alle, oder wir waren tatsächlich allein auf der Welt. Vaters Augen glänzten: Wieder einmal war es ihm gelungen zu entkommen!

Für den Fall, dass wir nicht allein sind, wird man uns finden. Das ist allen klar. Aber erstens hat mein Vater ein Gewehr, und wir haben Skier und einen hellhörigen Hund. Und zweitens: Wer weiß, wann sie kommen! Wir leben und warten, und dort, das wissen wir, lebt auch jemand und wartet, dass unsere Saat aufgeht und das Getreide wächst und die Kartoffeln und die neuen Zicklein, und dann werden sie kommen. Und alles mitnehmen, auch mich. Vorerst aber ernähren sie sich von unserem Garten im Dorf, von Anisjas Garten und von Tanjas Hof. Tanja, nehme ich an, lebt schon lange nicht mehr, aber Marfutka wird noch da sein. Wenn wir so aussehen wie Marfutka, dann werden sie uns nichts mehr tun.

Aber bis dahin haben wir noch lange, lange zu leben. Und außerdem sind wir ja auch nicht von gestern. Wir werden uns mit unserem Vater ein neues Versteck erobern.

DAS WUNDER

Der Sohn einer Frau hängte sich auf.

Das heißt, als sie vom Nachtdienst kam, lag der Junge auf dem Fußboden, neben dem Hocker, und an der Lampe baumelte ein dünner Nylonstrick.

Der Mund des Jungen war blutig, und am Hals war ganz deutlich ein roter Striemen zu sehen.

Er war bewusstlos, aber sein Herz klopfte schwach, sodass der Notarzt sagte, es sei nur ein Selbstmordversuch gewesen.

Auf dem Tisch lag dazu ein Zettel: »Mama, verzeih mir, ich liebe dich.«

Erst als sie den Sohn auf einer Trage über den Krankenhauskorridor weggebracht hatten (die Mutter war mit ihm im Krankenwagen zur Notaufnahme gefahren und hatte ihn nicht allein gelassen, bis er hinter der Tür zur Intensivstation verschwunden war, sie hatte die ganze Zeit seine Hand gehalten), erst als sie wieder zu Hause war, entdeckte sie, dass der Wollstrumpf ganz unten im Koffer leer war.

Eigentlich hätten dort zwei Eheringe, das ganze Geld, Dollarnoten und goldene Ohrringe mit Rubinen liegen müssen.

Später vermisste die arme Frau auch noch das Tonbandgerät, den einzigen Wertgegenstand, den sie für ihren Sohn angeschafft hatte, damit er wieder zur Schule ging.

Dann entdeckte sie unter dem Bett und in der Küche massenweise leere Flaschen, im Spülbecken einen ganzen Berg schmutzigen Geschirrs, und auf dem Klo Spuren von Erbrochenem und anderen abscheulichen Dingen.

Eigentlich hatte sie schon früh am Morgen, als sie vom Nachtdienst heimkam, noch auf der Schwelle, gedacht, hier hat wohl eine Fete stattgefunden. (Der Sohn musste zur Armee und hatte gesagt, er wolle Freunde einladen, die Mutter aber war die ganze Zeit dagegen gewesen.)

Als sie aber in die Wohnung trat, in das einzige Zimmer, und die schiefhängende Lampe erblickte, den zur Seite gerückten Tisch, den umgekippten Hocker und, noch schrecklicher, den Strick und den Körper auf dem Fußboden, war auf der Stelle ihr Zorn verflogen.

Erst als sie aus dem Krankenhaus wiederkam, holte sie sich alles ins Gedächtnis zurück und zog, gleich nachdem sie den Hocker aufgehoben hatte, den Koffer unterm Bett hervor.

Er war nur flüchtig zugemacht worden, nur das eine Schloss, das zweite war aufgesprungen.

Dieses aufgesprungene Schloss sagte ihr viel, mit angehaltenem Atem und ohne jegliche Hoffnung öffnete sie den Koffer.

Der Strumpf lag auf seinem Platz in der Ecke unter den Kleidern, aber leer.

In diesem Strumpf hatte sie all ihre Hoffnungen auf Rettung aufbewahrt, sie hatte verschiedene Pläne geschmiedet, mal wollte sie einen Fernseher kaufen, mal Geld bezahlen, damit der Junge extern zu den Aufnahmeprüfungen in die Mittelschule zugelassen würde, die alte Schule hatte er mitten im Jahr geschmissen.

Oder sie träumte davon, eine andere Wohnung zu nehmen, sich noch ein bisschen anzustrengen und zu sparen und dann die Einzimmerwohnung gegen eine Zweizimmerwohnung zu tauschen, von ihr aus in einem schlechten Bezirk, damit der Junge ein eigenes Zimmer bekam. Auch wenn das Zusammenleben mit ihm schwer war, er war ihr einziger Verwandter, sie hatte weiter niemanden, ihre gesamte Familie war gestorben, ihre ganze Sippe, die Eltern, Tanten und Onkel, ihr Mann kam in jungen Jahren um, sie war unter einem unglücklichen Stern geboren.

Nun wollte auch noch der Junge gehen.

Übrigens hatte er schon seit Langem davon gesprochen, der Armeedienst rückte langsam, aber sicher heran, und er war immer ein weiches, gutherziges Kind gewesen, hatte sich nie gern gekabbelt, hatte immer gesagt, er könne keinem was zuleide tun, deshalb wurde er in der Schule häufig geschlagen, drei Jungen aus der Nachbarklasse verfolgten ihn und lachten ihn aus, weil er sich nicht wehrte, dieser Schlappschwanz, und sie leerten seine Hosentaschen, einschließlich Taschentuch, er aber schwieg.

Was ihn jetzt nicht daran hinderte, im betrunkenen Zustand die Hand gegen die Mutter zu erheben. Überhaupt waren schreckliche Veränderungen mit ihm vorgegangen, als er sich mit den älteren Jungen vom Hof einließ.

Sie nahmen ihn in Schutz, wie er der Mutter bekannte, er kam nach Hause und sagte, so, jetzt rührt mich keiner mehr an, und war fröhlich, sogar ziemlich fröhlich.

Damals, mit vierzehn, hatte er angefangen, die Mutter um einen Kassettenrecorder zu bitten, die Jungs gaben ihm Kassetten zum Überspielen, und er traute sich nicht, ihnen zu verraten, dass er gar kein Gerät besaß, er hockte nur da und blickte die Kassetten an.

Wahrscheinlich hatte er vor ihnen angegeben, er habe einen Recorder, der Wunsch war für ihn Realität.

Er wusste, dass die Mutter Geld besaß, das sie hütete, sie sparte, arbeitete, wo sie konnte, sagte ihm jedoch immer und immer wieder, Taschengeld verderbe ihn, er werde nur anfangen zu trinken und zu rauchen.

Er begann auch ziemlich schnell damit, zu trinken und zu rauchen, offenbar gaben ihm die anderen was; außerdem entdeckte er die heimlichen Rücklagen der Mutter und nahm sich immer nur ein bisschen, sie war zerstreut und wusste nie, wie viel und was sie besaß.

Einmal hatte er sie wegen des Kassettenrecorders ziemlich lange angeschrien, geweint und war sogar krank geworden, er hatte Fieber und sagte, er lege sich nicht ins Bett, sondern gehe weg.

Er fing an zu phantasieren und verweigerte beharrlich das Essen, da wurde ihr Herz weich, sie ging los, ihm einen Recorder kaufen, den billigsten, aber noch teuer genug.

Der Sohn kam schnell wieder zu Kräften, betrachtete mit weit aufgerissenen Augen das Gerät, sie weinte vor Glück, als sie sah, wie verblüfft er war, doch da legte er sich wieder hin, drehte sich zur Wand und sagte, das sei nicht der richtige.

Am nächsten Tag gingen sie beide in den Billigladen, um den Recorder umzutauschen, zahlten wahnsinnig viel Geld drauf, wobei sie eindeutig betrogen wurden, logisch beim Anblick einer Mutter, die zu allem bereit ist.

Danach hörte er ohne Pause Tag und Nacht wie ein Verrückter Musik, überspielte die Kassetten (auch die musste sie bezahlen), und bald war von einer Lederjacke, von Levi's und Nike-Turnschuhen die Rede.

Die Mutter weigerte sich entschieden, dieser Strick konnte endlos werden.

Sie sagte ihm: Wenn du nicht zur Schule gehst, dann ackere wie ich. Dir zuliebe bin ich zu jeder Arbeit bereit. Er jedoch sagte, er würde niemals im Leben seinen Rücken für jeden Taler krumm machen wie die Mutter.

Er war sich zu schade für das, was viele Jungen in einer solchen Situation tun, nämlich Zeitungen verkaufen oder

Autoscheiben vor den Ampeln waschen. Vielleicht, so dachte die Mutter, fürchtet er, dass man ihn wegjagt und schlägt usw. Sie selbst war nicht eine der Mutigsten, hatte vor allem Angst, weinte beim geringsten Anlass, und ohne Vater wurde er genauso.

Bald nach ihrem Streit ging es sogar so weit, dass er nicht mehr seine alten Hosen und die Jacke anziehen wollte, schwermütig wurde, seine Hausaufgaben nicht machte, demzufolge keinen Grund hatte, in die Schule zu trotten und sich dort vor der ganzen Klasse zu blamieren, dafür gab es wahrhaftig keinen Grund. Wozu sich anschnauzen lassen?

Er hasste Moralpredigten, er hasste sie wie die Pest.

Immer mehr Zeit verbrachte er mit seinen Beschützern, den Jungs vom Hof, und die, so dachte die Mutter, neben dem ausgeraubten Koffer sitzend, haben getrunken und geraucht und gegessen, und er hat sich auf ihre Kosten bedient. Und nun, so dachte sie, haben sie ihn wohl daran erinnert, dass er ihr Geld vertrunken und verfressen hat und die Zeit gekommen ist, nun sie zu bewirten.

Deshalb hatte er immer gesagt, dass er vor der Einberufung seinen Abschied feiern muss, und sie hatte immer darüber gelacht, es sei noch zu früh, noch zwei Monate.

Natürlich weiß jedes Kind, wo was im Haus versteckt ist, wo die Mutter ihr Geld hat. Die Mutter kann es vergessen, aber das Kind weiß es genau, es gab einen Fall, da konnte Nadja (die Mutter) ihre Rücklagen nicht finden, die sie für Wolodjas Schuhe versteckt hatte, und Wolodja hatte unter den Schrank gezeigt, damals war er acht und jetzt siebzehn.

Mit einem Wort, die Mutter saß inmitten dieser ganzen Verwüstung, dieser Beleidigung (an der Wand im Klo stand ein schmutziges Wort, der Reis war aus den Gläsern geschüttet, als hätte jemand was gesucht) – sie saß da und dachte, dass sie am Ende sei.

Der Arzt in der Notaufnahme hatte ihr gesagt, der Sohn atme und lebe, er käme nur sicherheitshalber auf die Intensivstation, ordnungshalber, dann werde er auf die psychiatrische Abteilung verlegt.

Wenn sie ihn im Krankenhaus für unzurechnungsfähig erklärten, dann träfe das ein, was er am meisten befürchtet hatte, denn insgeheim hatte er sich später mal ein Auto anschaffen wollen, Verrückte aber kriegen keinen Führerschein.

In diesem Fall müsste er nicht zur Armee, und sie hätte ihn wie früher am Hals und er würde immer tiefer sinken. Würd er nicht für verrückt erklärt, was auch möglich war – denn er würde den Selbstmord hundertprozentig negieren, sich mit Händen und Füßen dagegen sträuben und sagen, er habe seiner Mutter nur einen Schreck einjagen wollen –, dann blühte ihm die Armee und dort ganz bestimmt der Selbstmord, der Zinksarg. Das hatte er auch seiner Mutter gesagt: Erniedrigung ertrage ich nicht, kannst gleich auf mich warten und mich begraben.

Sie war am Ende. Nadja wartete den Abend, die Nacht und den Morgen ab und ging dann schwankend ins Krankenhaus. Die Ärztin von der psychiatrischen Abteilung empfing sie freundlich und sagte, der Selbstmord sei mithilfe von Freunden vorgetäuscht gewesen, der Junge habe es selbst zugegeben. »Aber am Hals waren rote Striemen«, rief Nadja.

»Der Strick war zu dünn, er hat sich die Striemen selbst beigebracht«, entgegnete die Ärztin. »Er hat gesagt, wenn er sich wirklich hätte erhängen wollen, dann hätte er einen anderen Strick genommen. Dann hat er uns alles erzählt, was Sie der Schwester im Krankenwagen gesagt haben und was die Schwester gesagt hat, wie das Mädchen ausgesehen hat, was sie anhatte. Er hat Ihnen was vorgemacht.«

»Und der blutige Schaum vorm Mund?«, wollte Nadja einwenden, aber die Ärztin hörte ihr nicht mehr zu und sagte, der Junge leide sehr und wolle seine Mutter nicht sehen, er wolle nicht mehr nach Hause zurück nach diesem Quatsch, den er angestellt hatte.

Er hat mich bestohlen, wollte Nadja rufen, weinte aber nur jämmerlich. »Sie müssen selbst in Behandlung«, riet ihr die Ärztin.

Nadja schlich nach Hause und rief ihre Bekannten und Freunde an, um sich Rat zu holen.

Dann ging sie in den Hof hinunter, wo die alten Frauen auf der Bank saßen, und beriet sich mit denen ebenfalls.

Sie benahm sich wie eine echte Verrückte, das heißt, sie konnte ihre Zunge nicht im Zaum halten.

Sie hielt in ihrer Gasse sogar Leute an, die sie nur flüchtig kannte, und erzählte ihnen alles wie bei einer Beichte.

Man warf schon neugierige Blicke auf sie, stachelte sie an, stellte ihr Fragen.

Eine ehemalige Nachbarin kam ihr zu Hilfe, eine Großmutter, die sie zufällig auf der Straße traf und die jetzt woanders wohnte, bei ihrer Schwester, die sei todkrank, wie sie sagte, habe nur noch zwei Wochen zu leben und deshalb habe Nadja sie lange nicht gesehen (es gab eine Zeit, da war Nadja für sie einkaufen gegangen, und die Großmutter hatte ihr alles erzählt: wie sie die Wohnung ihrem geliebten Enkelsohn als Schenkung vermacht hatte, um ihr Leben in aller Ruhe mit der Sicherheit beenden zu können, dass der Junge versorgt sei – und wie dieser Enkel, als er die Schenkung erhalten hatte, beschloss, die Wohnung von Grund auf zu renovieren, neues Parkett zu legen, und die Großmutter vorübergehend zu ihrer Schwester brachte, damit sie ihre Ruhe habe, und wie er dann verschwunden sei und jetzt wildfremde Leute in der Wohnung wohnten, die sie ihrem

Enkel ganz legal abgekauft hatten, so standen die Dinge – von dieser Geschichte wussten alle im Haus).

Bis vor Kurzem hatte die betrogene Oma ihre Nachbarn noch besucht und geweint, jetzt aber hatte sie sich offensichtlich beruhigt, weil sie sich nicht mehr beschweren kam, ihr gehe es ganz gut, sagte sie (»Mit der Schwester?«, fragte Nadja, und die Alte antwortete, jetzt ohne Schwester, und Nadja hatte Angst, weiter zu fragen), ihr gehe es ganz gut, sie habe viele Blumen angepflanzt (»Auf dem Balkon?«, fragte Nadja wieder, aber die Alte sagte, nein, auf dem Kopf, merkwürdige Antwort, und Nadja fragte nicht, wo), sie wollte sich selbst aussprechen, und sie erzählte alles der Reihe nach.

Die Alte sagte ihr:

»Suche Onkel Kornil.«

Das war alles.

Dann hatte sie es plötzlich eilig und verschwand buchstäblich wie ein Blitz hinter ihrem früheren Haus.

Nadja schaute verblüfft um die Ecke, ging noch um eine zweite, aber selbst im Hof war die Alte nicht mehr zu sehen.

Da war nichts zu machen: Nadja rief wieder alle an und fragte, wen sie konnte, und auf der Post sagte ihr eine Frau in der Warteschlange, Onkel Kornil wohne in der Schlosserei am Krankenhaus neben der Metro.

Er stehe selbst am Rande des Grabs, er dürfe keinen Schluck mehr saufen.

Aber ohne Flasche ließen die Schlosser sie nicht rein.

Damit nicht genug, ohne Flasche würde Onkel Kornil ihr kein Wort sagen.

Sie müsse das und das tun, ein sauberes Handtuch unterlegen, den Wodka draufstellen und so weiter.

Die Frau erklärte ihr alles, auch wo das Krankenhaus lag.

Sie sah nicht gut aus, bleich, als ob sie gerade selbst aus dem Krankenhaus käme, dazu ganz in Schwarz, auch die

Haare auf dem Kopf sahen wie eine schwarze Diwandecke aus, schöne Augen, irgendwie gutmütig.

Wie besinnungslos rannte Nadja Wodka kaufen, suchte alles zusammen und packte es in die Tasche.

Im Krankenhaus zeigte man ihr schließlich die Schlosserwerkstatt, ein gewöhnlicher Krankenhauskeller, richtiger, eine gewöhnliche Saufbude.

Offenbar trafen sich hier die Alkoholiker der ganzen Umgebung.

Vor dem Eingang sah sie drei Männer stehen, entweder warteten sie auf jemanden, oder sie schnappten einfach frische Luft.

In der Angst, man könne ihr die Flasche wegnehmen, ging Nadja wie ein Panzer auf die Tür zu, sie walzte buchstäblich jeglichen Widerstand nieder (die Tür wurde nur auf ihr lautes Klopfzeichen hin geöffnet, aber nur einen Spalt, Nadja jedoch, die die Flasche in der Tasche vorzeigte, zwängte sich in den Keller, und hinter ihr drängten auch jene drei von der Straße herein, es gab ein Handgemenge, und sie hörte Schreie in ihrem Rücken).

Die Flasche wurde ihr sofort abgenommen.

Wobei der Mann, dem sie den Schnaps gab, den Kopf schüttelte und sagte, Onkel Kornil käme gerade zu sich und dürfe nichts trinken.

Trotzdem zeigten sie ihr die Ecke, wo neben einem Schrank ohne Tür direkt auf dem Fußboden ein Mann lag, mit ausgebreiteten Armen, der aussah, als käme er vom Müll.

Nadja machte alles, was die Frau auf der Post ihr gesagt hatte – sie breitete das Handtuch aus, stellte die saubere, volle Flasche mit einem Glas darauf, schnitt Brot, legte Salzgurken zur Stärkung auf ein Stück Papier und daneben Geld.

Onkel Kornil lag bereits da wie tot, mit offenem Mund, auf der Stirn waren Schrammen eingetrocknet, in der Mitte war ein Ritz so groß wie eine Wunde.

Auf seinen Handflächen sah Nadja Geschwüre, so etwas wie allergische Beulen.

Sie saß da und wartete, dann öffnete sie die Flasche und goss Wodka ins Glas.

Onkel Kornil kam zu sich, öffnete die Augen, bekreuzigte sich (Nadja ebenfalls) und flüsterte:

»Nadja« (sie zuckte zusammen). »Hast du ein Foto dabei?«

Nadja hatte kein Foto von ihrem Sohn mit. Sie wurde ganz starr vor Kummer.

»Hast du irgendwas anderes von ihm dabei?«

Nadja kramte in ihrer Tasche, legte eine Geldbörse auf den Boden, eine Milchtüte und ein schmutziges Taschentuch.

Mehr hatte sie nicht.

Mit dem Taschentuch hatte sie sich die Tränen abgewischt, als sie das erste Mal bei ihrem Sohn im Krankenhaus war.

Nadja reichte dem Liegenden das volle Glas.

Da stützte sich Onkel Kornil auf den Ellenbogen, trank, aß ein Stück Gurke und legte sich wieder hin mit den Worten: »Gib mir das Taschentuch.«

Und dann sagte er noch, mit dem Taschentuch in der Hand (auf seinem Handrücken konnte Nadja eine schmutzige, eitrige Wunde sehen):

»Noch ein Glas, und es ist aus mit mir.«

Nadja erschrak und nickte.

Sie kniete vor ihm nieder, bereit, sich alles anzuhören.

An dem Taschentuch hafteten die Spuren ihres Leids, ihre getrockneten Tränen, vielleicht war das auch eine Spur ihres Sohnes, so hoffte sie.

»Was willst du von mir«, murmelte Onkel Kornil. »Sag es mir, Sünderin.«

Nadja weinte.

»Warum soll ich eine Sünderin sein, ich habe nichts verbrochen.«

Hinter ihrem Rücken, am Tisch, ertönte lautes, heiseres Lachen, offenbar hatte einer der Alkoholiker einen Witz gerissen.

»Dein Großvater väterlicherseits hat 107 Menschen umgebracht«, röchelte Onkel Kornil. »Und du bringst mich um.«

Nadja nickte wieder und wischte die heißen Tränen ab.

Onkel Kornil schwieg.

Er lag da und schwieg, die Zeit verrann.

Offensichtlich musste er etwas trinken, um weiterreden zu können.

Von ihrem Großvater väterlicherseits wusste Nadja fast gar nichts, angeblich war er verschollen – Kriege hatte es genug gegeben, in denen sich die Menschen, ob sie wollten oder nicht, gegenseitig umbrachten!

Du bekommst einen Befehl und erschlägst entweder jemanden oder wirst selbst erschlagen wegen Befehlsverweigerung.

»Mein Großvater, sein Urgroßvater, war Soldat. Aber er ist ein Junge. Wieso ist er schuldig?«, murmelte Nadja gekränkt. »Dann soll lieber ich leiden, warum trifft es ausgerechnet ihn! Wer hat nicht alles schon einen anderen umgebracht?«

Onkel Kornil schwieg und lag da wie tot.

Über seine Stirn kroch ein lebendiger Blutstropfen.

»Oh«, sagte Nadja und schaute mit Schrecken auf die Blutspur.

Sie hätte das Blut abwischen müssen, aber womit, doch

nicht mit dem Rock, dann hätte sie mit einem beschmierten Rock durch die Stadt gehen müssen. Das Taschentuch hielt Onkel Kornil in der Hand.

Ohne dieses Tuch würde er ihr nichts sagen.

Da wurde wieder gelacht.

Nadja wandte sich um und erblickte die grinsenden Fratzen der Leute am Tisch. Niemand beachtete sie.

»Ich habe keine Hoffnung mehr«, brach es plötzlich aus Nadja heraus. »Das weißt du selbst, Onkel Kornil.«

Die Zeit verrann.

Die Blutspur auf der Stirn trocknete.

Der Mann auf dem Fußboden sah schrecklich aus, schmutzig, spindeldürr, er roch unangenehm. Wahrscheinlich war er schon tagelang nicht mehr aufgestanden.

Im Schrank ohne Tür lagen leere Flaschen.

Offenbar hatte dieser Kornil heute schon vielen Leuten gewahrsagt, was zu tun sei.

Und gewartet, dass man ihm nachschenkt.

Die Frau hatte ja gesagt, dass er ohne Flasche nicht spricht.

Nadja goss nach.

Mit dem vollen Glas in der Hand sagte sie:

»Du hast gefragt, was ich will. Ich will Glück für meinen Sohn. Mehr nicht.«

Sie verstummte schnell, als sie sich vorstellte, dass dieser abscheuliche Onkel Kornil ihrem Sohn gleich Glück prophezeihen sollte, für ihren Sohn bestand Glück aber in Saufgelagen, Partys, lustigem Leben und Motorrädern.

»Aber so, dass er lernt, dass er wieder zur Schule geht und lernt.«

Sie hielt wieder inne, nachdem ihr eingefallen war, dass ihr Sohn noch zwei Jahre zur Schule gehen würde, und diese zwei Jahre müsste sie wieder den Rücken krumm machen auf drei Stellen und ihn ernähren, aber sie hatte keine Kraft mehr.

»Er soll mich unterstützen«, sagte Nadja, »er soll auch was tun und Geld verdienen, er soll lernen zu arbeiten.«

Doch dann überlegte sie, dass er bald zur Armee muss und von dort in einem Zinksarg zurückkehrt, wie er selbst prophezeit hatte.

»Er soll studieren und nicht zur Armee gehen müssen«, sagte Nadja fest entschlossen.

Aber die Perspektive, noch sieben Jahre schuften zu müssen und vor jeder Prüfung nicht schlafen zu können, bereitete ihr ernste Sorge. Sie wusste, wie das ist, sie wurde jedes Mal wahnsinnig, wenn Wolodja nicht rechtzeitig nach Hause kam, weinte, schimpfte, wenn sie in die Schule zitiert wurde wegen seiner schlechten Noten, vergessenen Schulbücher, Schlägereien und Einträge im Hausaufgabenheft.

»So«, sagte sie schließlich zu Onkel Kornil, »er soll ein guter Schüler sein und gut arbeiten, auf mich hören, rechtzeitig nach Hause kommen und ... keine Saufgelage und Partys mehr, nicht mehr seine Kumpel ... vor allem die Freundinnen nicht mehr ... die bringen ihn ins Gefängnis, und dann ist es aus! Wenn die liebe Sonne aufgeht, soll er aufstehen und gehen, und wenn er wiederkommt, alles tun und mir helfen ...«

Da überlegte die arme Nadja plötzlich, dass es das Beste sei, ihr Söhnchen ist am Leben, ist gesund, lernt, verdient Geld, aber zu Hause soll er lieber nicht sein.

Wenn er zu Hause war, bedeutete das Krach, Musik, Unordnung, Telefongespräche bis in die Nacht, Essen im Stehen, wie ein Pferd, er schreit, wirft der Mutter Geiz vor, verlangt heulend Geld von ihr ...

Ihr fiel ein, was sie wegen ihres einzigen Sohnes alles ertragen musste, und sagte bitter:

»Du sagst, ich sei eine Sünderin, doch wann soll ich sündigen? Wo? Ich lebe nicht für mich, nur für ihn … Alles gebe ich ihm … Ich zerbreche mir den Kopf, was ich für ihn kaufen kann. Was er anziehen kann. Was am billigsten ist. Ich habe gespart und gespart, und jetzt hat er das ganze Geld geklaut … Er soll nie wieder klauen … In unserer Familie hat nie jemand geklaut … Und er soll nicht trinken. Um seine Gesundheit ist es nicht gut bestellt, eine Allergie, chronische Bronchitis. Er soll an die Uni gehen. Und wenn er fertig ist, soll er ein nettes Mädchen heiraten. Und zu ihr ziehen. Er soll mit Gott gehen, aber endlich gehen. Jetzt ist er allein, aber mit zweien auf dem Hals … Und dazu noch ein Kind … Ich habe keine Kraft mehr … Die Psychiaterin hat mir geraten, ich soll selbst in Behandlung. Wann, wann soll ich mein eigenes Leben leben … Nur seinetwegen, buchstäblich nur seinetwegen weine ich Tag und Nacht. Was bin ich für eine Sünderin …«

Sie kniete mit dem Glas in der Hand nieder, die Tränen flossen in Strömen über ihre Wangen, sodass sie nichts mehr sehen konnte.

»Mach, dass ein Wunder geschieht, Onkel Kornil«, sagte sie. »Ich bin keine Sünderin, auf mir lastet keine Sünde. Hilf mir. Mach irgendwas, ich weiß nicht, was. Ich bin schon ganz durcheinander.«

Onkel Kornil lag unbeweglich da und atmete kaum noch.

Nadja hielt vorsichtig das volle Glas an seine halbgeöffneten Lippen und überlegte, wie sie am besten den Wodka in seinen Mund gießen könnte, ohne dass ein Tropfen danebenging.

Sie müsste seinen Kopf hochheben, dann würde es gehen.

Alles geschah so, wie sie es wollte – mit der einen Hand stützte sie den Hinterkopf von Onkel Kornil, mit der anderen führte sie das Glas an die schmalen, ausgetrockneten Lippen.

Dabei weinte sie heiße Tränen, damit ihre Bitten, sie wusste selbst nicht, welche, in Erfüllung gingen.

»Jetzt trinken wir ein Schlückchen ...«, murmelte sie fürsorglich. »Dann wird alles gut.«

Im selben Augenblick öffneten sich seine Augen wie bei einem Toten, Nadja kannte diesen starren Blick, der in eine Ecke der Decke gerichtet war, wo etwas sehr Wichtiges zu sein schien.

Sie begriff, dass sich ihre Erwartungen nicht erfüllen, dass Onkel Kornil jeden Moment sterben könnte, ohne etwas getan zu haben.

Ihre letzte Hoffnung war der Wodka.

Wenn sie es schaffte, diesen Wodka in ihn zu gießen, würde er vielleicht für kurze Zeit wieder lebendig werden – danach könnte er ruhig sterben, er hatte ja selbst gesagt, noch ein Glas, und es ist zu Ende.

Aber dieses Glas, sie hatte es noch nicht in ihn gekippt!

So was, Onkel Kornil hatte es doch versprochen!

Für die anderen hatte er alles gemacht, für sie gar nichts. Massen von Flaschen lagen im Schrank, von denen, die vor ihr da waren.

Im selben Augenblick fingen die Männer mit verschiedenen Stimmen zu reden an:

»Ach, da kommt die Andrejewna angewackelt, da ist sie ja ... Macht der Andrejewna auf, der Andrejewna. Onkel Kornil, deine Mutter naht. Oh, sie hat die Flasche gerochen ...«

Im Fenster tauchte das Gesicht einer Frau auf.

Nadja erstarrte verwirrt mit dem Glas in der Hand.

Sie musste die Sache so schnell wie möglich zu Ende bringen, solange Kornils Mutter sie nicht erwischt hatte.

»Immer ist es so«, dachte Nadja, »die anderen schaffen's, nur ich nicht.«

Auf ihrer Hand lag der schwere Kopf des Sterbenden, der unverwandt zur Decke blickte.

»Onkel Kornil«, rief Nadja. »Lieber Onkel Kornil, trink doch bitte!«

Sein Mund war weit geöffnet, der Unterkiefer hing kraftlos herab.

Schon wurde an die Tür geklopft, jemand ging öffnen.

»Wenn ich nur nichts verschütte«, dachte Nadja fieberhaft, »sonst ist alles zum Teufel.«

Aus irgendeinem Grund dachte sie, wenn kein Tropfen danebenginge, erfüllten sich ihre Wünsche.

Dann wäre diese Fron tagaus, tagein vorbei.

Sie hob Onkel Kornils Kopf noch höher.

»So, jetzt trinken wir ein Schlückchen«, murmelte Nadja und presste den Rand des vollen Glases an seinen Mund. »Ham!«

So hatte sie ihr kleines Söhnchen mit Milch gefüttert.

Das war auf dem Lande gewesen, wo sie lebten, als Wolodja noch ein Kind war und ihr Mann am Wochenende immer zu ihnen kam ...

Wolodja hatte seinen kleinen Mund mit den beiden Zähnen immer so ungeschickt aufgerissen und die Milch verschüttet.

Da knallte die Tür zu, und eine laute, betrunkene Frauenstimme war zu hören:

»Was zu saufen da, Chroniker?«

»Das ist seine Mutter«, dachte Nadja erschrocken. »Ich hab's nicht geschafft.«

Das Glas in ihrer Hand fing an zu zittern. Gleich würde die Mutter zu ihnen kommen und dazwischenfunken.

»Andrejewna, kannst schon Geld für den Sarg und die Musik sammeln«, grölten die Männer fröhlich, »dein Kornilow wird gerade zum letzten Schluck überredet.«

»Was zum Teufel braucht der 'nen Sarg, wir verkaufen ihn an die Pathologie!«, entgegnete die Frau pfiffig. »Wir versaufen ihn!«

Die Antwort war ein zustimmendes Lachen.

»Los, Nadja«, sagte die Frau, »mach ihn fertig, den Jungen. Der will und will nicht abkratzen. Das Glas heute ist sein letztes.«

»Woher kennt sie meinen Namen?«, überlegte Nadja erschrocken.

»Verdammter Teufel, was lässt du uns warten«, fuhr die Frau fort. »Gib ihm den Rest, er hat nur auf dich gewartet. Der hat die Schnauze voll, alle lieben ihn, alle bringen ihm was. Ablehnen kann er nicht, sonst sind die Leute eingeschnappt. Er kann niemandem wehtun, so ist er.«

Die Männer lachten zufrieden. Nadja hatte Angst, sich umzudrehen. Nach den Geräuschen zu urteilen, hatte sich die Frau an den Tisch gesetzt, es gluckerte.

»Er hat nur auf Sie gewartet, der letzte Tropfen im Becher, hat er gesagt.«

Nadja war völlig durcheinander, ihre Hände zitterten.

»Er erfüllt alles, was du willst, keine Bange«, rief Kornils Mutter. »Er hat immer alles gemacht, was die Leute wollten, er hat Wunder vollbracht, Blinde wieder sehend gemacht, Beinlose gehend. Einen sterbenden Juden hat er wieder zum Leben erweckt, Lasar Moissejewitsch. Dabei waren die Kinder von diesem Lasar schon vor Gericht gegangen, wegen dem Erbschein! Als er wieder lebendig war, haben sie Kornil belagert. ›Wer hat Sie darum gebeten?‹, haben sie gesagt. Gebeten hat ihn Lasars zweite Frau, sie ist zu ihm gezogen, als er Witwer wurde, und hat seine Kinder großgezogen. Als er im Sterben lag, haben die Kinder sie gleich vor Gericht gezerrt, sie soll sich aus der Wohnung scheren und ihnen das Geld geben, zwei Kinder waren es. Diese Frau ist zu Kornil gekommen und hat ihm zwei Flaschen hingestellt. Lasar wurde wieder lebendig und war wie vor den Kopf gestoßen. Weiter: Ein Blinder mit Stock hat auf dem Bahnhof gebettelt, Kornil hat seine Qualen gesehen und gesagt: ›Öffne die Augen und gehe.‹ Der Mann nahm die Brille ab und ging, aber wie der geschimpft hat, weil ihm nun niemand mehr was gegeben hat. Weiter: Kornil machte, dass ein Beinloser wieder gehen konnte, da ist seine Mutter zu ihm gekommen, ob er ihn nicht wieder zurückverwandeln kann. Der Mann war im Bett schon ganz verfault. Kornil hat ihn wieder gesund gemacht, doch als der Mann wieder zu saufen anfing, ist er auf seinen beiden Beinen wie früher der Mutter hinterhergerannt, mit dem Messer durch die ganze Wohnung. Da ist sie mit der Flasche zu uns gekommen, Kornil soll ihn wieder zurückverwandeln.«

Das gruselige Lachen der Männer erschallte.

Die Mutter nahm einen Schluck, hustete und fuhr fort: »Was du träumst, das erfüllt sich, glaub mir, Nadja! Reich ihm auch was, tu das deine. Er hat dich auserwählt. Erinnerst du dich an das Weib auf der Post? Das war ich. Er hat mich geschickt, dich zu holen. Erinnerst du dich noch an die Alte? Er hat gesagt, Nadja geht aufs Ganze, sie schreckt vor nichts zurück, sie muss sich endgültig entscheiden wegen Wolodja. Nur keine Bange. Du hast es schwer mit deinem Sohn, aber mein Sohn hat es auch nicht leicht. Es war ein Fehler, dass er heute hergekommen ist, ein Fehler, nun wartet er, dass ihn jemand ins Jenseits befördert. Allein schafft er's nicht, so was gehört sich nicht, jemand muss ihm helfen.«

Ohne auf sie zu hören, schaute Nadja auf Onkel Kornil, dessen Kopf auf ihrer Hand lag, dann nickte sie, stellte das Glas vorsichtig auf den Boden und sagte:

»Nein, nein, vielen Dank, wir kommen mit unserem Kummer schon allein zurecht, Ihr Sohn ist viel zu krank, sind Sie nicht gescheit, so einem was zu trinken zu geben. Was denken Sie sich, Frau. Wirklich. Er gehört ins Krankenhaus, was denken Sie sich. Ich sehe doch, er stirbt, mein Mann ist in meinen Armen gestorben, ich weiß Bescheid.«

Sie stupste sogar vorsichtig mit dem Finger gegen das Glas, es wackelte und fiel um, der Wodka lief aus, alles hüllte sich in Rauch.

Nadja fand sich auf der Straße wieder, auf dem Nachhauseweg, ihr Kopf war völlig leer, sie schwankte sogar ein bisschen.

Aber aus irgendeinem Grund fühlte sie sich leicht und glücklich, sie weinte nicht, dachte nicht an die Zukunft, spürte keine Sorgen.

Als ob das Schrecklichste im Leben hinter ihr lag.

GOTT POSEIDON

Zufällig entdeckte ich in einer Ortschaft am Meer meine Freundin Nina, eine nicht mehr ganz junge Frau, mit ihrem halbwüchsigen Sohn. Nina nahm mich mit nach Hause, und ich bekam etwas Erstaunliches zu sehen. Allein schon der Hausflur, hallend, hoch, mit Marmortreppe, und dann die Wohnung mit grauem Teppich ausgelegt, vorherrschend die Farben dunklen Holzes und feuerroten Tuchs. Diese ganze Pracht sah aus wie eine Abbildung im Journal »Art & Décoration«, die Kunst des Dekorierens, und auch das Bad, ebenfalls mit grauem Teppich ausgelegt, mit blauem Marmorwaschbecken und Spiegeln – einfach ein Traum! Ich traute meinen Augen nicht, Nina aber hatte noch immer ihren gequält-ausweichenden Blick, sie führte mich in ein Zimmer mit drei sperrangelweit geöffneten Türen, ein wenig dunkel, doch ebenfalls geschmackvoll eingerichtet, mit überraschend vielen ungemachten Betten. »Sag mal, hast du geheiratet?«, fragte ich Nina, aber da war sie schon durch eine der Türen verschwunden, sie machte einen gehetzten Eindruck, wie eine geschäftige Hausfrau, die allerdings nichts anrührte. Ich erinnere mich an einen prachtvollen Raum, wie ein Hotelzimmer, mit Wandschränken, vier Meter Länge in jede Richtung, und mit Kleidern auf Kleiderbügeln. Wie war bloß dieser Reichtum, dieser Überfluss über die arme Nina gekommen, die niemals auch nur ordentliche Wäsche gekannt, die einen einzigen ewigen Wintermantel und drei

Kleider hatte, eins schrecklicher als das andere? Sie hatte geheiratet, doch wohin, hierhin, in diese Wildnis, in die Ödnis am Meer, wo die Menschen nicht leben, sondern auf den Sommer warten, wenn man Zimmer vermieten kann. Und hier all diese Treppen, Korridore, Durchgänge, und obendrein verließ ich die Wohnung durch die falsche Tür und fand mich im Nachbarflur aus weißem Marmor, in den schon eine Schulklasse mit ihrer Lehrerin zur Besichtigung einströmte.

Nina hatte also geheiratet, allerdings stellte sich heraus, dass sie ihre Einzimmerwohnung in Moskau, wo sie mit ihrem Sohn ein kärgliches Leben fristete, gegen diese Appartements eingetauscht hatte, und sogar, wie sich zeigte, mit dem gesamten Mobiliar, einschließlich Bettwäsche und Nippsachen! Das heißt, die Besitzer hatten alles stehen lassen und waren verschwunden, allerdings waren sie, so zeigte sich, doch nicht verschwunden, daher Ninas besorgter Blick, denn die beiden zusätzlichen Betten im Schlafsaal waren die Betten der Hausfrau und ihres Sohnes, eines schweigsamen jungen Fischers mit dicken Backen. Die Hausfrau kümmerte sich offensichtlich nach wie vor um die Wirtschaft, zu Tisch setzten wir uns unter ihre Fittiche, sie benahm sich exakt so, als wäre sie die gute, stille Schwiegermutter und Nina ihre teure Schwiegertocher, der zuliebe sie sich im Hause abschuftete und abrackerte, während sie in Wirklichkeit alle Positionen der Familienmutter und Hauptperson im Haus behielt und die Schwiegertochter an nichts ranließ.

Nina musste wohl die Hausfrau abgelöst haben, sie war hierhergezogen, hatte ihre Arbeit bei der Zeitung in der Hauptstadt aufgegeben und schickte sich an, über die hiesige Gegend zu schreiben, über das Meer, das sie immer sehr geliebt, das sie immer in den höchsten Tönen gepriesen hat – bislang aber lief sie untätig mit besorgtem Gesicht durch ihr neues Haus, das die alten Besitzer gar nicht verlassen hatten. Formal war alles geregelt, Nina verfügte über die Papiere, sie lebte mit ihrem Sohn im eigenen Haus, aber in diesem Haus lebte auch noch die ältliche Hausfrau mit ihrem Sohn, den ganzen Winter über, und von ihrem Umzug war nicht die Rede. Nina, ein unpraktischer Mensch, labil, gewohnt, alles sich selbst zu überlassen – daher auch ihr Wechsel von der Zeitung zum sogenannten freien Broterwerb und überhaupt der sichtbare Schiffbruch und Untergang ihres gesamten Lebens –, Nina nahm alles hin, wie es war. Sie aß, trank, ging ans Meer, saß am Strand, ihr Sohn besuchte die örtliche, recht gute Schule, Geld brauchten sie nicht, die ganze doppelte Familie ernährte sich von den Gaben des Meeres, die der junge Fischer in seinem Boot heimbrachte.

»Wer ist er?«, fragte ich, und Nina antwortete ohne Zögern, er sei der Sohn des Meeresgottes Poseidon, er könne unter Wasser leben und dort atmen und buchstäblich alles von dort hochholen, er gehe zu Fuß auf dem Meeresgrund in alle möglichen Länder und bringe nicht nur und vor allem Fisch, sondern Muscheln und Perlen, und dazu alles für den Haushalt, für die Familie nach Hause.

Bei alldem saß die alte Frau des Meeresgottes Poseidon, die aus welchem Grund auch immer die völlig ruinierte Nina unter ihre Fittiche genommen hatte, am Kopfende des Tisches, unter dem hohen Fenster, und fütterte uns unermüdlich, und in meiner Erinnerung verschwamm das luxuriöse Zimmer mit seinen Laken, so weiß wie Wellenschaum, und mit den vier Schlafplätzen – und alles bot sich dar, als müsste es so sein, als müsse man allem seinen Lauf lassen, nicht kämpfen, die Hände in den Schoß legen, und dann wirst du atmen unter diesem Wasser, und Gott Posei-

don wird dich aufnehmen und gar nicht so schlecht unter-
bringen, denn als ich nach Moskau zurückkehrte, erfuhr
ich, dass Nina gar nicht weggezogen war, sie war vor einem
Jahr mit ihrem kleinen Sohn ertrunken bei dem bekannten
Schiffsunglück nicht weit von jenen Ufern, an denen ich gerade spazieren gegangen war, ohne etwas zu ahnen.

MEIN LIEBSTER

Mit der Zeit hätten sich wohl all seine Träume erfüllt und er hätte die Frau bekommen, die er liebte, aber sein Weg war lang und führte nirgendwohin. Das Einzige, was ihn auf diesem langen und fruchtlosen Weg begleitete, war ein Foto von der Geliebten aus einer Zeitschrift, und nur ein paar Leutchen auf seiner Arbeit wussten, wer auf dem Foto abgebildet war. Man sah nur Beine, das war alles, recht pralle, nackte Beine, in Schuhen mit hohen Absätzen. Sie selbst hatte sich gleich erkannt, an der Tasche und am Saum des Kleides. Woher sollte sie wissen, dass nur ihre untere Hälfte dort gezeigt wurde, irgendein Fotograf hatte sich zufällig auf der Straße vor sie gestellt und ein, zwei Mal geknipst, aber veröffentlicht wurden nur der Rock und die Beine. Er, der Mann, von dem hier die Rede ist, hatte dieses Foto bei sich zu Hause an die Wand über dem Tisch gepinnt, und seine Ehefrau hatte nichts dagegen eingewandt, obwohl sie streng war und zu Hause den Ton angab, sogar ihrer Mutter gegenüber, und den Kindern, ganz zu schweigen von den entfernten Verwandten und ihren Studenten. Zugleich war sie eine gutherzige, gastfreundliche, freigebige Hausherrin, nur dass sie die Kinder nicht losließ, und auch die Mutter gehorchte ihr, lag auf dem Bett, las den Enkeln was vor, als sie das noch konnte, genoss die Wärme, die Ruhe, den Fernseher, und lag dann friedlich und lange im Sterben, um sich dann still davonzumachen.

Und er, als er die Schwiegermutter begraben hatte, wartete nun geduldig darauf, dass auch seine Frau starb. Irgendwie wusste er, dass sie bald sterben und ihn freigeben würde, und er bereitete sich aktiv darauf vor: Er führte ein sportliches Leben, ging jeden Morgen joggen, hantierte sogar mit Gewichten rum, aß nur bestimmte Kost und schaffte es, dabei viel zu arbeiten und zum Abteilungsleiter aufzusteigen, ins Ausland zu fahren – und wartete die ganze Zeit. Seine Auserwählte, eine hübsche dralle Blondine, der Traum jeden Mannes, ganz nah dran an Marilyn Monroe, arbeitete an seiner Seite und fuhr manchmal mit ihm auf Dienstreise, und dort begann dann das wahre Leben: Restaurants, Hotels, Spaziergänge und Einkäufe, Symposien und Exkursionen. Wie er sich nachts sehnte, wenn er aus dem Paradies in die Hölle zurückgekehrt war, in das armselige Nest, wo das reizlose Familienleben stattfand, wo die Kinder krank waren, aus dem Häuschen gerieten und rumtobten und ihn beim konzentrierten Arbeiten störten, und er musste sie bändigen, und sogar zum Riemen greifen, wonach er sich noch mehr erniedrigt und gekränkt fühlte; die Frau schrie die Kinder ebenfalls an, sie brachte nichts zustande, bewegte sich nur schwerfällig. In der Wohnung lebten außerdem noch eine Katze und ein Hund, wie es sich für jede ordentliche Familie gehört, und die Katze schrie nachts, wenn sie rollig war, und der kleine Hund bellte jedes Mal, wenn der Fahrstuhl hielt, und gerade nachts ging es dem Mann am schlechtesten: Er lag in seinem Bett und lechzte, versunken in sehnsüchtige Träume, nach Ruhe und Schönheit, nach allem, was ihm seine Freundin während der Dienstreisen zu bieten hatte. In dieser Zeit wurde der Blondine das Leben ebenfalls vergällt, ihr Mann und die Schwiegermutter saßen ihr buchstäblich im Nacken, sie zwang sie jeden Samstag, die ganze Wohnung zu schrubben und sogar die Kacheln im

Badezimmer mit Ammoniak abzureiben. Ihr Ehemann betrank sich und ließ die Arme nicht zu Betriebsfeiern, Geburtstagen usw., machte einen Aufstand vor jeder Dienstreise, verdächtigte sie. Die Schwiegermutter und er nahmen sie in die Zange wie Skylla und Charybdis, und außerdem stritten sie sich untereinander. Die Schwiegermutter beschuldigte die arme Blondine, dass ihr Mann immerzu saufe, ohne was zu essen, und überhaupt so wenig esse, sogar das wurde ihr vorgeworfen.

Die Blondine klagte unserem Helden auf der Arbeit nur ganz sanft ihr Leid, sie war verschwiegen und warf ihm nichts direkt an den Kopf, wie es seine Frau tat. Solche Frauen gibt's also auch auf der Welt, dachte der einsame Mann, sich im Bett hin und her wälzend, und nebenan jammerten und schrien seine Kinder im Schlaf, ein Junge und ein Mädchen, und schnarchte seine herzkranke Frau, die immer älter wurde und ihn immer mehr liebte. Das war nicht zu fassen, wie diese Oma von etwas über vierzig Jahren ihn vergötterte und verwöhnte! Sie hatte wohl nie glauben können, dass dieser elegante Mann mit den grauen Schläfen wirklich ihr Ehemann war, und sie verkroch sich immerzu und weigerte sich, mit ihm auszugehen. Sie nähte sich ihre Kleider selbst, immer nach ein und demselben primitiven Schnittmuster, lange und sackartige Kleider, um ihre füllige Figur und die gestopften Strümpfe zu verbergen. Für neue reichte das Geld nicht. In der Sprache der zahlreichen Gäste und Verwandten lief dieser Aufzug unter »sich bescheiden und geschmackvoll kleiden«. Gäste kamen in großen Scharen zu den Feiertagen herbeigeströmt, sie liebten die selbst gebackenen Piroggen, die Brötchen und die Salate der Frau – das waren alles ihre Gäste und nicht seine, ihre Klassenkameraden, Altersgenossen, Verwandten –, sie hatten sie schon als junges sympathisches Mädchen mit Grübchen und dickem

Zopf gekannt und merkten nicht, dass sie nicht mehr so wie früher, sondern schon verloschen war.

In der Tat, ihren Zopf und die Grübchen hatte die Frau längst abgehakt und kümmerte sich nur noch um den Mann und die Mutter, versorgte die Kinder, rannte ergeben auf den Markt, kriegte nichts zustande, aber war wie durch ein Wunder überall pünktlich, so sehr bemühte sie sich, Ordnung in ihr Leben zu bringen – und saß natürlich, wie konnte es anders sein, nächtelang in der Küche über den Büchern, nachdem sie die ganze Familie ins Bett gebracht hatte, oder erledigte noch Zusatzarbeiten, oder bereitete sich auf die Seminare vor. Wenn sie von der Arbeit kam, erzählte sie Geschichten von ihren Studenten und bereitete manchmal einen ganzen Eimer Buletten und Buchweizengrütze zu, und ihre Studenten kamen sie besuchen, brachten Blumen mit, amüsierten sich verlegen, aßen absolut alles auf und unterhielten ihre Lehrerin mit blödsinnigen Liedern. Aber das kam nur vor, wenn der Mann auf Dienstreisen war.

Selbst als die Kinder kamen, galt ihr erster Gedanke immer dem Ehemann: für ihn Frühstück machen vor der Arbeit, ihm ein warmes Essen vorsetzen, wenn er von der Arbeit zurückkam, sich alles anhören, was er zu erzählen hatte. Es gab nur eine einzige Phase, in der es anders war, als ihre Mutter sich zum Sterben niederlegte und dann drei Jahre lang bettlägerig war, da wurde alles fallen gelassen und irgendwie nebenbei geschaukelt. Wie, war ein Rätsel, und der Mann musste sich allein Frühstück machen, und aß, ebenfalls allein, zu Abend, tat sich selber auf und verzog sich anschließend schlecht gelaunt in sein Zimmer. Aber beim Sargtragen ging er immerhin vorn, zu Füßen der Verstorbenen, und in seiner aufrichtigen Trauer war er von den anderen nicht zu unterscheiden. Nach der Beerdigung stand das Zimmer der Schwiegermutter leer, verschlossen, die Kraft fehlte, etwas damit anzufangen, und auch die Frau zog sich wortlos zurück. Sie schlief mit den Kindern im großen Zimmer, genauer gesagt, sie saß nach wie vor in der Küche, sie fand keinen Schlaf.

Das war auch für den Mann eine schwere Zeit, seine Geliebte, die Blondine, begann launisch zu werden und ein eigenes, unabhängiges Familienleben zu fordern, sie weigerte sich, ihn weiterhin in die leere Wohnung von Bekannten zu begleiten, sie ging sogar so weit, mit Kollegen im Büro und in der Kantine zu flirten, und die Männer, die instinktiv fühlten, dass sie »vorne offen war«, wie sie sich ausdrückten, gaben sich die Klinke in die Hand, und das Telefon klingelte unaufhörlich, und jemand kam die Blondine mit dem Auto abholen usw. Unser Held litt Höllenqualen. Liebe und Pflicht fraßen ihn auf, er nahm eine feste und unnachgiebige Position gegenüber seiner Geliebten ein, obwohl er so manches Mal erleichtert an ihrer Schulter weinte. Was sollte er bloß tun! Seine Ehefrau merkte trotz ihrer ganzen Verzweiflung, dass ihr Mann irgendwie eintrocknete, dass seine Augen wie erloschen waren und er irgendwie wegdriftete. Sie kam zur Besinnung, renovierte auf die Schnelle das Zimmer der Mutter und zog mit den Kindern dort ein, das große Zimmer wurde wieder zum Raum für Gespräche und kleine Feiern, und der Mann trat als Vater zweier wunderbarer Kinder und als Familienoberhaupt (und nicht wie ein von seiner Geliebten davongejagter Hund) vor die Gäste, und als umsorgter, wie eine Gottheit verehrter Ehemann (und nicht als drittletzter Anwärter). Nun bekam er wieder das Frühstück vorgesetzt, plötzlich wurden sogar ein paar neue Kleider aus Viskose genäht, sonntags machte die Frau mit den Kindern lange Ausflüge, mal in den Park, mal in den Zirkus, mal ins Planetarium. Im Zimmer des Mannes aber hingen noch immer die drallen, nackten Beine: Er ergab sich nicht.

Schließlich fuhr ein Donnerschlag hernieder, der Ehemann der Blondine, »unser Ehemann«, wie das Liebespärchen ihn nannte, geriet außer Rand und Band, er schnappte über und jagte der Blondine mit dem Beil nach, die schloss sich bis zum Abend im Badezimmer ein, am Abend aber schlich sie sich irgendwie aus dem Haus, rief aus der Telefonzelle unseren Helden an, er rannte sofort zu ihr, kehrte erst gegen Morgen zurück, morgens – immer kommen schlechte Nachrichten im Morgengrauen – wurde er erneut von einem schrecklichen Anruf aus dem Bett geholt: Der Ehemann der Blondine war von der eigenen Mutter in einer Schlinge am Türrahmen gefunden worden. Natürlich verbrachte die arme frischgebackene Witwe den nächsten Monat bei einer befreundeten Familie, die Mitleid mit ihr hatte. Sie zu sich nach Hause einzuladen hatte sich unser Held dann doch nicht getraut, und dort, in der befreundeten Familie, jagte die Hausherrin die traurige Blondine schließlich davon. Denn die Blondine sah ziemlich hübsch aus in ihrer Trauerblässe, und der Herr des Hauses hatte platonische Gefühle und Mitleid mit ihr entwickelt, was weitaus gefährlicher ist als eine primitive menschliche Gemeinheit – einmal vögeln und adé.

Es dauerte eine Weile, aber dann beruhigte sich alles, die Blondine bekam eine eigene Wohnung, jemandem gefiel die Unglückswohnung der alten Schwiegermutter, die überredet wurde, diese gegen eine Wohnung in der Nähe der Nichte zu tauschen. Die Blondine bekam eine schlechtere Wohnung, die weiter weg lag, aber immerhin etwas Eigenes. Und nun musste unser Held sich endgültig entscheiden, ja oder nein, und sich um die Renovierung, die Möbel, den Strom, die Isolierung der Fenster usw. in der neuen Wohnung kümmern. Stattdessen begann er mit doppelter Energie sich im eigenen Heim einzurichten, er tapezierte mit den Kindern das große Zimmer, begann wieder Sport zu treiben, duschte kalt und ging jeden Morgen joggen, beschäftigte sich mehr mit den Kindern und brachte ihnen Manieren bei, denn sie waren unmerklich herangewachsen und begannen ihm auf die Nerven zu gehen, so lagen die Dinge. Für die Blondine spielte er weiter den Ratgeber und Besucher, sie organisierte alles selbst, das machte ihr Spaß, sie fragte ihn um Rat, zeigte Entwürfe, und hatte zu der Zeit schon einen anderen, der ihr mit dem Auto orientalische Fliesen fürs Bad und Küchenmöbel brachte. Sie ahnte wohl etwas und ließ sich keinen entgehen angesichts der Aussicht, einsam zu bleiben.

Das Foto von ihr hing nach wie vor über seinem Tisch, und inzwischen gab es einen festen Tag in der Woche, an dem er die Blondine besuchen kam. Er war übrigens in ein anderes Institut gewechselt, wo er ein höheres Gehalt bekam, auch waren die Verhältnisse am alten Arbeitsplatz sehr kompliziert geworden, denn er sollte der Blondine zum Aufstieg verhelfen, und ihr stand eine Gehaltserhöhung zu, die sie aber nicht bekam wegen Einspruchs der lieben Kollegen. Aus Protest verließ der Mann das Institut und versprach der Blondine, sie irgendwann nachzuholen.

Seine Frau aber verstand nichts und strahlte erleichtert, und im Haus war Feiertag, und es wurden Piroggen gebacken, weil der Mann die andere endlich verlassen hatte, aber das Foto hing immer noch dort.

Der Mann hatte sich gut an seinem neuen Arbeitsplatz eingerichtet, die Kinder wuchsen heran, sportlich und diszipliniert, wie das oft der Fall ist, wenn dem Vater gehuldigt wird. Das Wort des Vaters war Gesetz, und so gingen sie auch als geschlossene Formation spazieren: der Vater voran, die Kinder Schulter an Schulter hinterher, und zum Schluss die unauffällige Glucke, die die Familie aus der Distanz dirigierte. Es war eine Freude, sie anzuschauen, doch das Foto der Beine hing immer noch an seinem Platz.

Die Mutter der Familie wartete so lange, bis der Sohn, der Jüngere, mit dem Studium begann, dann kapitulierte sie völlig, wie einst ihre Mutter. Eines Abends brach sie, in der Küche stehend, vor aller Augen zusammen, begann zu röcheln, und röchelte, ins Krankenhaus gebracht, drei Tage. Die disziplinierte und arbeitsame Familie organisierte sich neu, es wurde ein Dienstplan erstellt, und alte Freunde und die Verwandtschaft schalteten sich ein, die ehemaligen und immer noch treuen Studenten. So zog der Mann seine Frau aus dem sicheren Grab, aus dem Tod und dem Vergessen. Als sie nach Hause gebracht wurde, war sie bereits eine kleine alte Frau, bewegte nur noch ein bisschen den rechten Arm, brachte unverständliche Worte hervor, und alle naselang strömten Tränen aus ihren Augen. Es war, als entschuldigte sie sich mit ihrer ganzen Erscheinung für diese Situation, als entschuldigte sie sich für das ganze vergangene Leben, dafür, dass sie ihrem Gott nichts hatte bieten können und nun auch noch lahm und krank war und ihn mit hineingezogen hatte. Mit der Zeit gewöhnte sich die Familie an die Last, obwohl sie manchmal böse wurden und einander anschrien: immer diese Pfannen unterschieben, die tägliche Körperwäsche, die wund gelegenen Stellen und die Gedanken, die unwillkürlich kamen: Wie viele Jahre würde sich das noch hinziehen, diese tierische oder pflanzliche Existenz – diese Gedanken waren quälend. Der Mann jedoch schien auf einmal zur Ruhe gekommen zu sein, seine Seele war irgendwie friedlich, alle Handgriffe, die er für seine Frau erledigte, führte er leicht, geduldig und mit sanfter Stimme aus. Nur die Kinder schrien die Mutter an, sie fühlten sich unsicher, sie hatten sie verloren, das heißt das Fundament und die Stütze, und sie hatten sich in schwache Eltern ihrer eigenen Mutter verwandelt, sie fühlten, dass hier etwas nicht stimmte, sie waren ohne Perspektive, genauer gesagt, es gab eine, aber die war schrecklich. Die Kinder beschuldigten einander, stellten sich gegenseitig bloß, was für ein Jammer, vor der Mutter! Aber ihr Eifer erlosch nicht, ihre Patientin lag sauber und frisch im Bett, sie legten ihr ein kleines Radio unters Ohr und lasen ihr manchmal vor, aber sie weinte oft aus unerfindlichen Gründen, und versuchte etwas mit ihren Stimmbändern zu sagen, ohne Zunge.

In der Nacht, als sie starb und weggebracht wurde, fiel der Mann wie ein Stein ins Bett. Im Schlaf hörte er plötzlich, dass sie neben ihm war, ihren Kopf auf sein Kissen legte und sagte: »Mein Liebster«, und er schlief glücklich weiter und war ruhig und stolz auf der Beerdigung, obwohl er stark abgenommen hatte. Er war aufrichtig und standhaft, und bei der Trauerfeier zu Hause erzählte er vor allen Anwesenden, dass sie zu ihm »Mein Liebster« gesagt hatte. Und alle verstummten, denn sie wussten, dass das die reine Wahrheit war – und das Foto der Blondine hing nicht mehr an der Wand. Das Foto war aus seinem Leben verschwunden, all das hatte sich in Luft aufgelöst und war in diesem Moment uninteressant geworden, und er zeigte bei Tisch kleine, verblasste Familienfotos von der Frau und den Kindern herum – all diese Ausflüge, die sie ohne ihn unternommen hatten, all die Vergnügungen, ärmlich, aber glücklich, in den Parks und Planetarien, die sie für die Kinder organisiert hatte, all die Versuche, ein Leben auf dem Bisschen aufzubauen, was ihr geblieben war, auf dieser kleinen Insel, auf der sie den Kindern Schutz geboten und wo über allem dieses verfluchte Foto aus der Zeitschrift gethront hatte. Aber nun war es vorbei, alles hatte ein gutes Ende genommen, und die Worte »Mein Liebster« hatte sie ihm noch zuflüstern können – als Tote bereits, aber sie hatte es gesagt.

DAS HAUS MIT DEM SPRINGBRUNNEN

Es war einmal ein Mädchen, das starb und zurück ins Leben fand. Das kam so: Der Familie wurde gesagt, das Mädchen sei tot, aber sie gaben sie nicht heraus (sie waren alle zusammen mit dem Bus gefahren, und bei der Explosion hatte das Mädchen vorn gestanden, während die Eltern hinten saßen). Das Mädchen war noch ganz jung, erst fünfzehn, und sie wurde durch die Explosion durch die Luft geschleudert.

Solange die Krankenwagen gerufen und die Verletzten und Toten weggefahren wurden, hielt der Vater das Mädchen in den Armen, obwohl klar war, dass sie gestorben war, und der Arzt den Tod bestätigt hatte. Aber dann musste das Mädchen weggebracht werden, Vater und Mutter stiegen mit in den Krankenwagen und fuhren mit ihrem Kind zur Leichenhalle.

Sie lag auf der Bahre wie lebendig, hatte aber keinen Puls und atmete nicht. Die Eltern sollten nach Hause gehen, stattdessen blieben sie. Sie warteten auf die Freigabe des Leichnams, aber es standen noch alle möglichen Untersuchungen an, genauer gesagt, die Obduktion und die Feststellung der Todesursache.

Der Vater jedoch, der vor Leid den Verstand zu verlieren drohte und dazu ein tiefgläubiger Christ war, beschloss, sein Mädchen zu stehlen. Er brachte seine Frau, die schon halb bewusstlos war, nach Hause, überstand das Gespräch mit der Schwiegermutter, weckte die Nachbarin, eine Medizinerin, und erbat sich bei ihr einen weißen Kittel, dann nahm er sich alles Geld, was im Haus war, fuhr ins nächstgelegene Krankenhaus, borgte sich dort einen leeren Krankenwagen (es war zwei Uhr morgens) und schleuste sich mit einer Trage und einem jungen Hilfspfleger im weißen Kittel ins Krankenhaus ein, wo sein Mädchen aufgebahrt war, ging an der Wache vorbei die Treppe hinunter in den Keller, lief ungehindert den Gang entlang bis zur Leichenhalle. Dort war keiner. Er fand sein Kind, legte es mithilfe des jungen Pflegers auf die Trage und brachte es im Fahrstuhl in den zweiten Stock auf die chirurgische Intensivstation. Er hatte hier alles studiert, als sie am Abend zuvor in der Aufnahme gewartet hatten.

Er ließ den Hilfspfleger gehen, und nach einem kurzen Gespräch mit dem diensthabenden Arzt, dem er ein Bündel Geldscheine überreichte, gab er die Tochter in seine Hände.

Da das Mädchen keine Papiere vom Rettungsdienst bei sich hatte, schloss der Arzt, der Vater hätte den Krankenwagen auf eigene Faust gerufen und die Kranke (richtiger die Tote) ins nächstgelegene Krankenhaus gebracht. Der Arzt sah genau, dass das Mädchen tot war, aber er brauchte dringend Geld. Seine Frau hatte gerade ein Kind bekommen (ebenfalls ein Mädchen), und seine Nerven waren aufs Äußerste gespannt. Seine Mutter mochte seine Frau nicht, und alle beide heulten ihm abwechselnd was vor, das Baby schrie ebenfalls, und dann noch die Nachtdienste. Er musste Geld besorgen und eine Wohnung mieten. Was ihm der (zweifellos) verrückte Vater dieser toten Prinzessin anbot, reichte immerhin für ein halbes Jahr Miete.

Wortlos machte sich der Arzt an die Arbeit, so als hätte er tatsächlich einen lebendigen Menschen vor sich. Er befahl dem Vater, Krankenhaussachen anzuziehen und wies ihm das Bett neben dem Mädchen zu, denn der Vater war fest entschlossen, seine Tochter nicht zu verlassen.

Das Mädchen war weiß wie Marmor, das Gesicht von unbeschreiblicher Schönheit, und der Vater betrachtete sie, auf seinem Bett sitzend, mit komischem Blick. Die eine Pupille rutschte immer weg, und wenn er blinzelte, bekam er die Augenlider nur schwer auseinander.

Der Arzt, der ihn eine Weile beobachtet hatte, bat die Schwester, ein EKG zu machen, und jagte diesem neuen Patienten auf der Stelle eine Spritze rein. Der Vater war in der nächsten Sekunde weg. Das Mädchen lag da wie Schneewittchen, angeschlossen an Geräte. Der Arzt hantierte an ihr herum, tat alles, was in seinen Kräften stand, obwohl ihn nun niemand mehr mit seltsamem Blick kontrollierte. Genauer gesagt war dieser junge Arzt ein Fanatiker, für ihn gab es nichts Wichtigeres als einen interessanten Fall, als einen Patienten an der Schwelle des Todes, egal, um wen es sich handelte.

Der Vater schlief, und im Traum begegnete er seiner Tochter. Das heißt, er fuhr sie besuchen, so wie er früher zu ihr ins Sommerlager vor die Stadt gefahren war. Er packte etwas zu essen ein, aus unerfindlichen Gründen nur ein Sandwich mit Bulette, mehr nicht. Er stieg an einem wundervollen Sommerabend in den Bus, irgendwo in der Gegend der Metrostation Sokol, und fuhr an einen paradiesischen Ort. Auf dem Feld, mitten zwischen weichen grünen Hügeln, stand ein riesiges graues Haus mit Torbögen so hoch wie der Himmel, und als er diese gigantischen Torbögen durchschritten hatte und den Hof betrat, da schoss dort, auf einer smaragdgrünen Wiese, direkt aus dem Gras, ein Springbrunnen empor, ebenso hoch wie das Haus, mit einem einzigen Strahl, der sich oben in einer glitzernden Krone brach. Die Sonne ging langsam unter, und der Vater schlenderte vergnügt zum Eingang und stieg eine hohe Treppe hinauf. Die Tochter empfing ihn ein wenig verlegen, als ob er sie störe. Sie schaute zur Seite, als ob hier ihr eigenes Leben stattfinde, das mit ihm nichts mehr zu tun hatte.

Die Wohnung war riesig, mit hohen Decken und sehr breiten Fenstern, die nach Süden hinaus gingen, in den Schatten, zum Springbrunnen, den die untergehende Sonne von der Seite beleuchtete. Der Springbrunnen schoss noch über die Fenster hinaus.

»Ich habe dir ein Sandwich mit Bulette mitgebracht, wie du es gernhast«, sagte der Vater.

Er trat zu dem kleinen Tisch am Fenster, legte das Paket darauf, überlegte und packte das Sandwich aus. Es war ein merkwürdiges Sandwich, zwei Scheiben billiges Schwarzbrot. Um der Tochter zu zeigen, dass es mit einer Bulette belegt war, klappte er die Scheiben auseinander. In der Mitte lag (das sah er sofort) ein rohes Menschenherz. Der Vater war beunruhigt, dass das Herz nicht gekocht war, dass man das Sandwich nicht essen konnte, wickelte es wieder ein und sagte verstört:

»Ich habe das Sandwich verwechselt, ich bringe dir ein anderes.«

Die Tochter aber trat näher und betrachtete es mit komischem Gesichtsausdruck. Da steckte der Vater das Paket in die Jackentasche und legte schützend die Hand darauf, damit die Tochter es ihm nicht wegnehmen konnte.

Sie stand neben ihm, den Kopf gesenkt, mit ausgestreckter Hand:

»Gib es mir, Papa, ich habe Hunger, ich habe großen Hunger.«

»Du sollst dieses scheußliche Zeug nicht essen.«

»Gib her«, sagte sie traurig.

Sie streckte ihre geschmeidige Hand nach seiner Tasche

aus, aber der Vater wusste, wenn sie das Sandwich essen sollte, würde sie sterben.

Also wandte er sich um, holte das Paket aus der Tasche,
packte das Sandwich aus und begann das rohe Herz schnell
selbst zu essen. Augenblicklich füllte sich sein Mund mit
Blut.

Jetzt sterbe ich, dachte er, wie gut, dass ich früher gehe
als sie.

»Können Sie mich hören, machen Sie die Augen auf!«, sagte jemand.

Mit Mühe bekam er die Lider auseinander und erblickte
wie im Nebel das verschwommene Gesicht des Arztes.

»Ich höre Sie«, antwortete er.

»Welche Blutgruppe haben Sie?«

»Die gleiche wie meine Tochter.«

»Sind Sie sicher?«

»Ja, ganz sicher.«

Sogleich wurde er irgendwohin gefahren, sein linker Arm
wurde mit einem Riemen abgeschnürt, in die Vene wurde
eine Nadel eingeführt.

»Was ist mit ihr?«, fragte der Vater.

»Was meinen Sie?«, fragte der Arzt, ganz in seine Arbeit
vertieft.

»Lebt sie?«

»Was denken Sie denn!«, entgegnete der Arzt wie nebenbei.

»Sie lebt?!«

»Bleiben Sie liegen, bleiben Sie liegen«, rief er.

Der Vater lag da und hörte, wie neben ihm jemand röchelte, und er weinte.

Dann hantierten sie an ihm herum, und er versank wieder im Nichts, wieder war es überall grün, aber da weckte
ihn ein Geräusch: die Tochter, die auf dem Nachbarbett lag,

röchelte so laut, als ob sie nach Luft ringe. Er betrachtete sie von der Seite. Ihr Gesicht war weiß, der Mund halb geöffnet. Blut lief in einem Schlauch aus seinem Arm in ihren. Ihm war ganz leicht zumute, er versuchte geradezu, sein Blut anzutreiben, er wollte, dass es ganz und gar in den Körper seiner Tochter flösse. Er wollte sterben, damit sie am Leben blieb.

Dann war er plötzlich wieder in der Wohnung, in dem riesigen grauen Haus. Seine Tochter war nicht da. Leise ging er sie suchen, sah in alle Winkel, fand aber keine Menschenseele. Da setzte er sich auf ein kleines Sofa, und dann legte er sich hin. Ihm war wohl zumute, als ob seine Tochter schon irgendwo einen Platz gefunden hätte und glücklich und zufrieden lebte, und er sich nun ausruhen könnte. Er begann (im Traum) einzuschlafen, da erschien auf einmal die Tochter, wie ein Taifun kam sie ins Zimmer gefegt, heulte auf, brachte ringsum alles zum Zittern, krallte ihre Fingernägel in den Ellenbogen seines rechten Arms, bis unter die Haut. Er fühlte einen schmerzhaften Stich, schrie vor Schreck auf und öffnete die Augen. Der Arzt hatte ihm gerade eine Spritze in die Vene des rechten Arms gejagt.

Seine Tochter lag neben ihm, atmete schwer, aber röchelte nicht mehr. Er stützte sich auf den Ellenbogen, sah, dass sein linker Arm nicht mehr abgeschnürt und jetzt verbunden war, und wandte sich an den Arzt:

»Doktor, ich muss dringend telefonieren.«

»Warum«, fragte der Arzt, »noch gibt es keinen Grund zum Telefonieren. Legen Sie sich hin, sonst gehen auch Sie noch ... flöten.«

Aber bevor er ging, gab er dem Vater doch noch sein Handy, und der Vater rief zu Hause bei seiner Frau an, aber es war niemand da. Frau und Schwiegermutter waren wahrscheinlich früh am Morgen zur Leichenhalle gefahren, litten nun Höllenqualen und begriffen nicht, wo der Leichnam der Tochter hingekommen war.

Dem Mädchen ging es schon besser, aber sie war noch nicht bei Bewusstsein. Der Vater wollte unbedingt bei ihr auf der Intensivstation bleiben und tat deshalb so, als sterbe er. Der Nachtarzt war bereits weg, mehr Geld besaß der unglückliche Vater nicht, aber man machte noch ein EKG und ließ ihn liegen, offenbar hatte der Nachtarzt irgendwas ausgemacht oder es stimmte wirklich etwas nicht mit seinem Herz.

Der Vater überlegte, was er tun solle – runtergehen konnte er nicht, telefonieren erlaubten sie ihm nicht, er kannte niemanden auf der Station, alle waren beschäftigt. Was mochten seine beiden Frauen jetzt empfinden, seine »Mädchen«, wie er sie nannte – die Frau und die Schwiegermutter. Sein Herz tat weh. Er wurde an einen Tropf gehängt, wie seine Tochter.

Dann schlief er ein, und als er erwachte, lag seine Tochter nicht mehr neben ihm.

»Schwester, wo ist das Mädchen, das hier lag?«

»Warum wollen Sie das wissen?«

»Ich bin immerhin ihr Vater. Wo ist sie?«

»Sie wurde in den Operationssaal gebracht, regen Sie sich nicht auf und bleiben Sie liegen. Sie dürfen nicht aufstehen.«

»Was ist mit ihr?«

»Weiß ich nicht.«

»Liebes Fräulein, rufen Sie den Doktor!«

»Die haben alle zu tun.«

Nebenan stöhnte ein alter Mann, und jemand, wahrscheinlich der Arzt, machte irgendwelche Sachen mit einer alten Frau und redete auf sie ein wie auf eine Dorftrine, laut und lachend:

»Na, Omchen, willst du Suppe?« Pause. »Was für Suppe willst du denn?«

»Mm«, sagte die Alte mit blecherner Stimme.

»Willst du Möhrchensuppe?« Pause. »Mit Möhrchen, willst du? Hast du schon mal Suppe mit Möhrchen gegessen?«

Da antwortete die Alte:

»Möhrchen ... mit Öhrchen.«

»Du kannst es!«, rief der Arzt.

Der Vater lag im Bett und regte sich auf. Da wurde sein Mädchen irgendwo operiert, da saß irgendwo seine vor Leid fast verrückt gewordene Frau, daneben die zitternde Schwiegermutter, und er ... Der junge Arzt untersuchte ihn, wieder gaben sie ihm eine Spritze, und er fiel in tiefen Schlaf.

Am Abend stand er leise auf und ging so, wie er war, barfuß und im Krankenhaushemd, aus dem Zimmer. Er schaffte es unbemerkt bis zur Treppe und ging die kalten Stufen nach unten, wie ein Gespenst. Er stieg zum Keller hinunter, orientierte sich an dem Pfeil, auf dem »Pathologie« stand.

Da rief ein Typ im weißen Kittel:

»Hallo, was machen Sie hier?«

»Ich komme aus der Leichenhalle«, entgegnete der Vater, »ich habe mich verirrt.«

»Was heißt, aus der Leichenhalle?«

»Ich bin raus, aber meine Papiere sind drin geblieben. Ich möchte zurück, aber die Leichenhalle ist verschwunden.«

»Ich verstehe gar nichts«, sagte der weiße Kittel, hakte ihn unter und führte ihn den Gang entlang.

Dann fragte er:

»Sie sind auferstanden?«

»Ich bin wieder lebendig geworden, niemand war da, ich bin los, und dann habe ich doch beschlossen, zurück zu gehen, damit sie mich registrieren.«

»Unglaublich«, antwortete der Weißkittel.

Sie kamen zur Pathologie, und der Arzthelfer dort empfing sie mit Flüchen. Der Vater hörte sich das alles an und sagte:

»Meine Tochter ist auch hier, sie muss nach der Operation hierhergebracht worden sein.«

Er nannte ihren Namen.

»Sie ist nicht hier, hier nicht! Da haben mir heute Morgen schon welche einen Knoten ins Gehirn geplappert! So eine gibt's hier nicht! Die haben uns hier völlig wahnsinnig gemacht! Und jetzt noch dieser Verrückte! Bist wohl aus der Klapsmühle ausgerissen, was? Wo kommt er her?«

»Er ist im Gang umhergeirrt«, antwortete der Weißkittel.

»Ruf bloß die Wache«, sagte der Arzthelfer und fluchte erneut.

»Lassen Sie mich zu Hause anrufen«, bat der Vater. »Jetzt weiß ich's wieder, ich habe auf der Intensivstation gelegen, im zweiten Stock. Ich habe mein Gedächtnis verloren, ich bin nach der Explosion auf der Warschauer Straße hierhergekommen.«

Da wurden die beiden still. Die Explosion auf der Warschauer war am Tag zuvor passiert. Sie führten den zitternden, barfüßigen Mann zu einem Tisch, auf dem ein Telefon stand.

Die Frau nahm den Hörer ab und heulte sofort los:

»Du! Du! Wo treibst du dich rum! Ihr Leichnam wurde weggeschafft, wir wissen nicht, wo sie ist! Und du treibst dich rum! Und keine Kopeke im Haus! Wir konnten nicht mal das Taxi bezahlen! Hast wohl alles du genommen, was?«

»Ich, ich war bewusstlos und bin ins Krankenhaus gekommen, auf die Intensivstation ...«

»Wo, in welches?«

»In dasselbe wie sie ...«

»Aber wo ist sie? Wo?«, heulte die Frau.

»Ich weiß nicht, ich weiß es selber nicht. Ich bin völlig nackt, bring mir was mit. Ich stehe barfuß in der Leichenhalle. Welches Krankenhaus ist das hier?«

»Wie bist du bloß dorthin geraten, ich verstehe überhaupt nichts mehr«, heulte die Frau wieder.

Er reichte den Hörer an den Weißkittel weiter. Der teilte der Frau seelenruhig, als ob ihn das alles nicht juckte, die Adresse des Krankenhauses mit und legte auf.

Der Arzthelfer brachte dem Vater einen Kittel und irgendwelche ausgeleierten Filzlatschen, offenbar hatte er Mitleid mit diesem seltsamen Menschen bekommen, und er schickte ihn zur Pforte am Eingang.

Dorthin kamen seine Frau und die Schwiegermutter mit gleichermaßen aufgequollenen Gesichtern. Sie zogen ihm Kleider und Schuhe an, umarmten ihn, hörten sich glücklich weinend an, was er ihnen zu erzählen hatte, und dann setzten sie sich ins Wartezimmer, denn man hatte ihnen gesagt, dass ihr Mädchen operiert worden und außer Lebensgefahr sei und jetzt auf der Intensivstation liege.

Zwei Wochen später konnte sie schon wieder aufstehen. Der Vater führte sie auf dem Gang der Station spazieren und wiederholte immer wieder, dass sie nach der Explosion noch gelebt hätte, das sei einfach ein Schock gewesen, ein Schock. Niemand hätte das gemerkt, aber er hätte es gleich gewusst.

Allerdings sagte er nichts über das rohe Menschenherz, das er essen musste, damit sie es nicht bekam. Aber das war ja im Traum gewesen, und was im Traum ist, zählt nicht.

DER SCHATTEN DES LEBENS

Inzwischen ist sie eine völlig erwachsene, verheiratete Frau, doch damals wuchs sie als Waisenkind bei der Großmutter auf, die Großmutter hatte sie zu sich genommen, als die Mutter eines Tages verschwunden war, es gibt solche Fälle, wo ein Mensch einfach verschwindet. Der Vater war schon früher verschwunden, als das Mädchen fünf Jahre alt war, zur Beerdigung hatte man es nicht mitgenommen, und es dachte: Er ist fort, und hatte große Angst um die Mutter, klammerte sich buchstäblich an sie, wenn sie abends wegging, es weinte nicht – das durfte es nicht, es war von der Mutter nicht verwöhnt, es war ein stilles und bescheidenes Kind, doch eines Tages verschwand die Mutter tatsächlich, und das Mädchen blieb mit seinen neun Jahren nachts allein und deckte sich mit dem Bademantel der Mutter zu, am nächsten Morgen wusch es sich und ging, wie es war, im selben Kleid zur Schule. Die Nachbarn in der Gemeinschaftswohnung merkten nach zwei Tagen, dass etwas nicht stimmte, das Mädchen ging nicht mehr zur Schule, aus seinem Zimmer drangen merkwürdige Laute, als lache da jemand, und in der Küche wurde nichts gekocht, niemand kam heraus, auch nicht die Mutter der kleinen Schenja. Die Nachbarin zwang dem Kind das Geständnis ab, dass es zwei Tage nichts gegessen habe und die Mutter nicht da sei. Alle liefen zusammen, sie schickten der Großmutter ein Telegramm, und die Großmutter holte ihre Enkeltochter mitten im Winter aus der kleinen Stadt an der Oka und nahm sie zu sich in den kleinen Badeort am Asowschen Meer.

Der Weg war Schenja vertraut, sie fuhr jedes Mal in den Ferien zur Großmutter, doch diesmal waren keine Ferien in Sicht, sondern nur ein langes Warten. Von der Mutter wurde nichts gefunden, keine Spur. Die Mutter, so sagte die Großmutter, habe ihr ganzes Leben für die Wahrheit gestritten und niemals gestohlen, doch um sie herum hätten alle gestohlen, sie arbeitete in einem Kindergarten. Die Mutter, meinte die Großmutter, sei bestimmt nach Moskau gefahren, um für die Wahrheit zu streiten (vor ihrem Verschwinden hatte sie ihre Arbeit verloren), wahrscheinlich werde sie im Irrenhaus festgehalten; so was käme vor, sagte die Großmutter.

Schenja wuchs zu einem stillen, sympathischen Mädchen heran, sie begann in einer anderen Stadt ein Studium am Pädagogischen Institut, lernte fleißig und wurde in ihrem Studentenwohnheim dafür geschätzt, dass sie jedes Päckchen der Großmutter mit Gemüse, Speck und Trockenobst auf den Tisch stellte und allen etwas abgab, und anschließend brachen die mageren Tage an, aber für alle gleichzeitig. So anspruchslos wie Schenja bei ihrer Mutter und Großmutter aufgewachsen war, lebte sie jetzt auch in ihrem Studentenheim.

Sie hatte einen jungen Verehrer, einen Bauarbeiter, sogar Brigadier auf der Baustelle, der mit ihr im Frühling mit der Vorortbahn in den Wald fuhr und ihr seine selbstverfassten Gedichte vortrug, aber leider war er verheiratet, wie sich herausstellte.

Seine Frau erfuhr eines Tages von Schenja, sie suchte sie im Wohnheim auf, ging mit ihr auf die Straße und erklärte ihr, Sascha sei verheiratet, habe zwei Kinder, und sie persönlich schlafe im Moment nicht mit ihm, weil er eine Geschlechtskrankheit habe, er müsse sich behandeln lassen, und sie selbst müsse sich seinetwegen auch behandeln lassen, es frage sich nur, wo er sich das geholt habe, sagte diese Frau und schaute Schenja hasserfüllt an. Sie saßen in der Grünanlage. »Und dich«, fügte Saschas Gattin hinzu, »müsste man ohne viel Federlesens umbringen, weil du eine ansteckende Krankheit verbreitest.«

Die arme Studentin hatte niemanden, den sie um Rat fragen konnte, sie hatte Angst, in die Poliklinik zu gehen (da würden es gleich alle erfahren), aber zum Glück fand sie, als sie einmal in der Nähe des Marktes herumlief, einen Aushang: »Geschlechtskrankheiten«. Sie wurde von einer alten Ärztin empfangen. Sie sollte bezahlen, ohne Geld wollte die Ärztin sie nicht einmal anhören. Schenja nahm die Ohrringe der Mutter ab, das einzige Erinnerungsstück. Die Ärztin steckte die Ohrringe ein, untersuchte das Mädchen und sagte, man müsse die Laborergebnisse abwarten. Die Werte waren gut. Schenja hatte sich zum Glück nicht angesteckt, oder Saschas Frau hatte gelogen. Doch Sascha tauchte nicht mehr am Horizont auf, und Schenja begriff, dass alles nicht so einfach ist unter den Menschen und dass es eine geheimnisvolle, zählebige, animalische Seite des Lebens gibt, und genau dort wucherten die abstoßenden, abscheulichen Dinge, und ob man ihre Mutter nicht überhaupt umgebracht hatte, dachte die erwachsene Schenja (achtzehn Jahre), denn ihre Mutter war noch jung gewesen und konnte in jenen Schatten des Lebens geraten sein, wo so viele Menschen umkommen.

Das erschien Schenja um so wahrscheinlicher, als ihr im Sommer, sie war damals wieder bei der Großmutter zu Besuch, ein Unglück widerfuhr. In diesem Sommer hatte man auf einer Müllkippe vor der Stadt zwei Frauenleichen gefunden, zerstückelt, verstümmelt, ohne Kopf, die Arme auf den

Rücken gedreht wie ausgewrungene Lappen. Das Städtchen brodelte. Offenbar waren es zwei Kurgäste oder Touristinnen, die umgebracht worden waren, denn die Einheimischen waren vollzählig.

Schenja kehrte nicht allzu spät am Abend von einer Freundin heim, und in der Nähe ihres Hauses wurde sie von zwei Seiten gepackt. Das waren Halbwüchsige, sechzehn, siebzehn Jahre, sie waren zu dritt, dunkelhäutig, »Schwarzärsche«, wie man sie dort nannte, Schenja kannte sie nicht, und sie kannten Schenja nicht, sie waren in den drei Jahren, die Schenja fort war, herangewachsen. Sie hielten sie für eine Fremde. Sie stopften ihr einen Knebel in den Mund, drehten ihr die Arme auf den Rücken und führten sie weg, genau nach dem beschriebenen Szenario. Schenja ging vornüber gebeugt, sie stolperte und strauchelte, sie setzten ihr ein Messer unters Schulterblatt. Die drei unterhielten sich in ihrer Sprache, einiges verstand Schenja, im Städtchen nannten sie sich Griechen, aber es waren keine Griechen. Schenja begriff, dass sie sich unterwegs darum stritten, wer zuerst drankäme, denn der eine warf dem anderen vor, er hätte eine üble Krankheit. Sie schrien sich in der nächtlichen Dunkelheit an, fluchten auf Russisch und stießen die stolpernde, gekrümmte Schenja vorwärts, als plötzlich ringsum alles hell wurde. Als hätte man einen Scheinwerfer eingeschaltet. Die drei blieben stehen und ließen Schenja für einen Augenblick los, und als Schenja von ferne eine beleuchtete Baustelle sah und einen alten Mann und eine Frau inmitten der aufgehäuften Steine, stürzte sie, so schnell sie konnte, zu ihnen, riss sich den Knebel aus dem Mund und schrie: »Schlagt mich tot! Schlagt mich tot!« Sie stand neben dem Alten, streckte ihm die geschwollenen Arme entgegen und schrie: »Schlagt mich tot, aber überlasst mich nicht denen da!«

Die drei riefen entrüstet auf Russisch, sie sei eine Hure und ihnen verpflichtet, sie hätten bezahlt!

Der Alte schickte die Jungen mit einer unzweideutigen Geste zum Teufel, er sagte ihnen in ihrer Sprache »haut ab«, und als sie die eigene Sprache hörten, machten sie wie Soldaten kehrt und verschwanden in der nächtlichen Dunkelheit.

Der Alte sagte zu Schenja, er bringe sie ins Haus, die Frau blieb auf der Baustelle, und Schenja sah nur flüchtig ihren gebeugten Kopf und dachte, wie ähnlich sie doch der Mutter sieht. Schenja fürchtete sich wegzugehen, aber der Alte war schon losgegangen, und so musste auch sie gehen. Der Alte führte sie zu einem Haus, Schenja konnte in der dunklen Nacht nichts erkennen, und als sie in das Zimmerchen trat, klein wie eine Abstellkammer, hörte sie, dass der Alte hinter ihr die Tür abschloss und wegging. Schenja setzte sich auf den Fußboden, dann befühlte sie die raue, rissige Wand, lehnte sich an und schlief ein.

Als sie am Morgen zu sich kam, lehnte sie mit dem Rücken am rauen Stamm einer Pappel, und ringsum war einsame, unkrautüberwucherte Ödnis.

Schenja rannte los, ohne irgendetwas wiederzuerkennen, schließlich fand sie den Weg nach Hause und legte sich in der Scheune schlafen. Es war früh am Morgen. Der Großmutter sagte sie, sie hätte bei ihrer Freundin übernachtet, denn sie hätte sich gefürchtet, nach Hause zu gehen. Außerdem sagte Schenja, sie werde versuchen, schon heute zu fahren. Die Großmutter begriff offenbar alles, Schenjas Arme waren dick geschwollen und voller blauer Flecken, ein Mundwinkel war eingerissen.

Die Großmutter sagte, sie habe diese Nacht nicht geschlafen, sie habe in alten Sachen gekramt und in der Truhe Ohrringe von ihrer Tochter und eine Ikone gefunden, noch von ihrer Großmutter, und das alles möchte sie Schenja geben.

Schenja steckte die Ohrringe der Mutter an, genau die gleichen wie die unlängst abgelegten, nahm die Ikone, packte ihre armseligen Siebensachen und ging zum Bahnhof. Sie wollte mit Absicht an jener Baustelle vorbeigehen, um den alten Mann und die Frau zu sehen, die ihrer Mutter so ähnlich war, doch sie fand nichts dergleichen. Weder die Baustelle noch die Ödnis, es war helllichter Tag, ringsum Häuser und Gärten.

Die Großmutter, die sie begleitete, fragte mit keiner Silbe, warum Schenja nicht zum Bahnhof ging, sondern in die andere Richtung, zur Müllkippe, doch Schenja sagte plötzlich, sie glaube, irgendwo hier müsse das Grab der Mutter sein, man müsse bei der Pappel auf dem freien Platz suchen.

Die Großmutter warf ein, dass ihre Tochter in einer ganz anderen Stadt verschwunden sei, doch Schenja hörte ihr nicht zu, sondern suchte immer weiter nach der Pappel und setzte sich schließlich an der erstbesten auf die Erde, lehnte sich an den Stamm und brach in lautes Schluchzen aus.

So saßen sie einige Zeit und weinten, und dann fuhr Schenja in ihrem Winterkleid mit den langen Ärmeln für immer aus der Stadt weg, und seitdem hat sie nicht mehr auf die Mutter gewartet und sie auch nicht mehr in Irrenhäusern und Gefängnissen gesucht. Die Ohrringe jedoch hat sie bis heute nie wieder abgenommen.

ZWEI REICHE

Am Anfang flogen sie durch das absolute himmlische Paradies, wie man es sich vorstellt, durch eine blendend himmelblaue Landschaft, über dichten, gekräuselten Wolken. Die Stewardess war keine russische, sondern schon eine von dort, in einem wunderbaren weißen Leinenkostüm ohne Knöpfe, sie servierte vorzugsweise fremdartig schmeckende Getränke. Die erschöpften Passagiere dämmerten allesamt vor sich hin, und als Sweta durch das ganze Flugzeug in den Heckteil ging, frappierte sie die einheitlich gelbe Gesichtsfarbe der Passagiere und ihre einheitlichen schwarzen Frisuren. Sie bekam sogar Angst, es war, als würde ein Soldatenregiment von einem Ort zum anderen transportiert, alle schliefen sie, erschöpft zurückgelehnt, die dunklen, trocknen Münder leicht geöffnet. Vielleicht war es auch das gesamte Botschaftspersonal eines fernen, südlichen Landes.

Dann kam die Nacht. Sweta war noch nie so lange und so weit geflogen, sie verbrachte einen Teil der Nacht auf der Toilette, wo sie durch das gewölbte Fenster schaute. Dort waren Sterne zu sehen, oben, an den Seiten und tief unten, wo man sie tatsächlich mit den matt leuchtenden Lichtern von Siedlungen verwechseln konnte. Die in der nächtlichen Finsternis, unter einer großen Sternenzahl einsam dahineilende menschliche Seele betrachtete mit Begeisterung sich selbst im Zentrum des Weltalls, unter flimmernden, großen, samtigen Gestirnen in absoluter Finsternis. Allein unter Sternen! Sweta musste sogar weinen. Es fiel ihr schon schwer, sich an die Stunde des Abschieds von der Familie, der Heimat zu erinnern, all das vermischte sich bei ihr zu einem einzigen, ermüdenden Knäuel, der sich auf keine Weise entwirren ließ, was war zuerst gewesen und was später. Das wundersame Erscheinen von Wasja mit Flugtickets und der Heiratserlaubnis, irgendwelche komplizierten Formalitäten, die Tränen ihrer Mutter, als die Krankenschwestern Sweta das weiße Kleid anzogen und sie auf einer Trage mit dem Fahrstuhl hinunterschickten, und dort nahm Wasja sie auf den Arm und trug sie ins Auto. Entweder hatte Sweta das Bewusstsein verloren, oder das Auto hatte sie in den Schlaf gewiegt, jedenfalls erinnerte sie sich an alles Geschehene wie an einen Traum: die dumme Musik, die verwunderten, entsetzten Menschen zu beiden Seiten, das Glas, in dem sich der bärtige Wasja spiegelte und sie selbst, grau, abgehärmt, ganz in weißen Spitzen, mit eingefallenen Augen. Wasja brachte Sweta mit dem Flugzeug zur Behandlung. Vor der Abreise war die geplante Operation anscheinend doch noch durchgeführt worden, und an alles, was nach der Operation geschah, konnte Sweta sich schon nicht mehr erinnern. Das wie mit einem Kissen erstickte Wehklagen ihrer Mutter, das Weinen ihres Sohnes, den die Musik, die Blumen und wahrscheinlich Swetas Gesicht erschreckt hatten; er weinte, wie erschrockene Kinder immer weinen, die mit ansehen müssen, wie ihre Mutter geschlagen oder von ihnen getrennt und weggeführt wird; er winselte laut und verzweifelt. Er war zu klein, man musste ihn bei der Großmutter lassen, denn Sweta stand eine weitere Operation bevor, in einer fremden Stadt, in einem fremden Land und mit einem neuen Mann, mit diesem wer weiß woher aufgetauchten bärtigen Wasja.

Dieser Wasja war überhaupt ein Mythos, er erschien einmal im Jahr, tauchte irgendwo in der Menge auf, küsste Sweta die Hand, die er in seiner kühlen, großen Hand hielt, versprach ihr goldene Berge und eine Zukunft für ihren Sohn – doch nicht sofort, sondern bald. Später. Jetzt, in diesem Moment der Begegnung, war es noch nicht möglich. Aber später – er versprach, sie und ihren kleinen Sohn, und auch die Mama, in ein Paradies auf Erden zu bringen, irgendwo weit weg am Ufer eines warmen Meeres, zwischen Marmorsäulen und beinahe elfenhaften Wesen, kurz, sie erwartete das Schicksal Däumelinchens. Und später, als Sweta mit ihren siebenunddreißig Jahren ernsthaft erkrankt war, tauchte dieser Wasja öfter auf, er brachte Trost, besuchte sie nach ihrer ersten Operation – er kam, wie rührend, gleich auf die Intensivstation, als Sweta ihre Seele Gott anvertraute, als sie am Tropf hing und auf ihren dünnen und durchsichtigen Arm herabsah. Er konnte sich einschmuggeln in seiner weißen, kittelartigen Kleidung (er trug überhaupt sehr gern weiße Sachen), das Einzige war, dass er barfuß ging, doch das merkte niemand. Als er sah, in welchem Zustand Sweta war und was sie ihr für eine Naht gemacht hatten, wollte er sie gleich von dort mitnehmen. Aber da kam die erschrockene Nachtschwester angerannt, jagte Wasja weg und gab Sweta noch eine Spritze, sie rief den Arzt, und Wasja verschwand für lange. Das nächste Mal kam er wieder gleich ins Krankenhaus, erklärte alles, sagte, ihre Mutter sei einverstanden, sie und das Kind kämen später nach, er lasse ihnen alles Nötige da, doch Sweta müsse er gleich mitnehmen, denn es sei keine Zeit zu verlieren. In jenem Land, wo dieser Wasja jetzt lebte, konnte man Swetas Krankheit behandeln, man hatte einen Impfstoff gefunden und so weiter. Sweta war es, kurz gesagt, gleichgültig, sie widersetzte sich beim zweiten Mal kaum, weder der Krankheit noch dem Tod. Sie stand unter starken Narkotika, sie schwamm wie im Nebel. Sogar die Gedanken an ihren Jungen, an Serjoschenka, quälten sie nicht so sehr. »Und wenn ich gestorben wäre«, sagte sich Sweta, »wäre es dann besser gewesen? So kann ich noch ein bisschen leben und nehme die beiden später zu mir.«

Wasja erledigte also alle Formalitäten, obwohl die Ärzte auf der Operation bestanden, ohne Operation würde die Kranke keine vierundzwanzig Stunden überstehen. Wasja also wartete die Operation ab, erledigte alle Formalitäten und erschien wieder gleich auf der Intensivstation, um Sweta zu holen. Sie schoben sie vorsichtig hinaus, zogen sie um, worauf sie nicht mehr sehen und hören konnte, und dann erwachte sie bereits als Fliegende, den blauen Himmel und die Wüste des grenzenlosen, flauschigen Wolkenfelds unter dem Flugzeug vor Augen. Sweta wunderte sich sehr, als sie sah, dass Wasja neben ihr saß und dass sie selbst einen leichten, prickelnden Wein aus einem Pokal trank. Dann stand sie sogar auf – Wasja schlief, erschöpft von all den Mühen – und ging mit erstaunlich leichtem Schritt durchs Flugzeug. Nichts tat ihr weh – offenbar hatte man ihr bereits etwas Ausländisches, Schmerzstillendes gespritzt.

Das Flugzeug raste in geringer Höhe über eine wunderschöne, wie ein großes Modell sich ausbreitende Stadt mit einem schimmernden Fluss, Brücken und einer riesigen Spielzeugkathedrale. Das sah ganz nach Paris aus! Und da setzte auch schon das Dröhnen der Landung ein, das Flugzeug fuhr mit seiner stumpfen Nase, so breit wie ein Hotelfenster, ratternd und ruckelnd wie ein Fuhrwerk, buchstäblich in einen stillen Garten. Das Fenster war eine Tür und führte auf eine Terrasse, in der Ferne flimmerte eine Flusswindung mit Brücken und irgendein Triumphbogen.

»Place Pigalle«, sagte Sweta aus irgendeinem Grund zu Wasja. »Schau!«

Wasja öffnete die Terrassentür, und es begann ein märchenhaftes Leben.

Allein, Sweta durfte vorerst noch nicht laufen, obwohl die Behandlung begonnen hatte und Erfolg zeigte. Wasja ging fort und blieb ganze Tage verschwunden. Er verbot Sweta nichts, doch es war klar, dass der Fluss und die Kathedrale und jene wunderbare Stadt noch sehr weit fort waren. Vorläufig hatte sie erst angefangen, ein wenig aus dem Haus zu gehen, durch eine einzige Straße zu spazieren, denn ihre Kräfte waren noch gering.

Hier, so bemerkte sie, waren alle wie Wasja gekleidet, wie die schönsten Blumenkinder, die sie in ausländischen Filmen gesehen hatte. Lange Haare, wunderbare schmale Hände, weiße Kleider, sogar kleine Kränze. In den Läden gab es zwar alles, wovon man nur träumen konnte, aber erstens hatte Wasja ihr kein Geld dagelassen – das schluckte anscheinend alles die Behandlung, die sicher sehr teuer war. Zweitens konnte man von hier keine Päckchen schicken, und aus irgendeinem Grund nicht einmal Briefe. Hier schrieb man nicht! Nirgends ein Stück Papier, nirgends ein Kugelschreiber. Es gab buchstäblich keinerlei Verbindung nach draußen – möglicherweise war Sweta in eine Art Quarantäne, eine Übergangszeit geraten.

Dort, jenseits des Flusses, sah sie das brodelnde, wirkliche Leben einer reichen, ausländischen Stadt. Hier gab es auch alles – Restaurants, Geschäfte. Doch es gab keinerlei Verbindung nach draußen, Sweta bewegte sich noch vorwärts, indem sie sich mit beiden Händen an der Wand abstützte, wie ein Neugeborenes, wie ein Kleinkind, das gerade laufen lernt. Als Sweta Wasja klagte, sie wolle einkaufen gehen, brachte er ihr auf der Stelle einen Haufen Kleider – alle möglichen, auch getragene, Männerkleider, Frauenkleider, Kinderkleider, obendrein in verschiedenen Größen. Er brachte auch einen Koffer mit Schuhen, wie ausländische Freunde sie den Russen von all ihren Bekannten mitbringen. Unter den Kleidern fanden sich auch graue Männerunterhosen, wodurch Sweta ein wenig in Verlegenheit geriet. Gott weiß, was das für Sachen waren und wem sie gehörten! Was sie damit anfangen sollte, wusste Sweta nicht, denn sie selbst hatte sehr bald begonnen, nur Sachen von Wasja zu tragen – eine Art weißes Hemd und darüber ein weißes Kleid aus feinem Linnen. Wasja und sie waren gleich groß, und Wasjas Statur, die eines gesunden Mannes, war dieselbe wie die der abgehärmten Sweta. Sweta weinte ein wenig über diesen Kleidern und sagte am Abend zu Wasja, sie wolle Serjoschenka und ihrer Mutter unbedingt ein Paket schicken, und zeigte auf zwei Häufchen. Wasja runzelte die Stirn und schwieg, und am nächsten Morgen waren alle Kleider verschwunden.

Wasja arbeitete, wie sich herausstellte, auch hier, diesseits des Flusses, in dieser Siedlung mit besonderen Lebensbedingungen, er hatte keinerlei Bedürfnis, über die Brücken zu den Kathedralen und Triumphbögen zu fahren, und Sweta musste sich seiner stillen, gleichmäßigen Lebensweise anpassen. Sie wusste zwar – aus ihrem früheren Leben –, dass alles möglich war, auch zum Beispiel, dass sich der jugendlich wirkende Wasja, jünger als sie, verlieben und weggehen konnte. Er liebte Sweta nicht, dieser bärtige Wasja, obwohl er sie vor jeglicher Anstrengung bewahrte. Das Essen kam wie von selbst, die Kleidung blitzte vor Sauberkeit. Wann er das alles schaffte? Swetas Zimmer, das in ihrem Wahn die Züge des Flugapparates behielt, ging mit dem Fenster und der Tür auf eine Terrasse mit weißen Säulen hinaus, aber das Glück erfüllte sich nicht. Sweta ertrug tapfer die Trennung von Serjoschenka, ihrer Mutter, den Freundinnen und dem Institutsfreund Ljowa, sie begriff jetzt, dass ihre Krankheit unheilbar war und man lediglich versuchen konnte, den jetzigen Zustand zu halten – ohne Schmerzen, doch auch ohne Kräfte, wohin da mit dem lauten Serjoschenka und seinen wilden Tränen und den vom Weinen roten Äuglein! Und wohin erst recht mit ihrer Mama, der giftig-wohlwollenden und ebenfalls tränenreichen! Hier war keine Trauer und kein Weinen, hier war ein anderes Land. Sweta beobachtete diese schwebenden Menschen in Weiß und ihre Reigen über dem Wasser zu eintöniger Harfenmusik (eine äußerst dumme Beschäftigung übrigens!), ihre wortlosen Zusammenkünfte an einem langen Tisch im Restaurant mit Pokalen voll wunderbaren Weines. Sweta hätte gern mit ihren Freundinnen und ihrer Mama darüber gesprochen, ihnen wenigstens geschrieben, dass alles gut sei, die Behandlung normal verlaufe, es in den Läden alles gebe, aber man kaufe sich nichts Neues – erstens sei alles wahnsinnig teuer, und zweitens trage man hier solche Sachen nicht, auch die Speisen seien ungewohnt, wenn sie auch bislang noch nicht viel essen dürfe, und so weiter. Dass sie Serjoschenka und allen anderen ein Päckchen schicken wolle, es aber noch niemandem habe mitgeben können, und eine Postverbindung zwischen ihren Staaten existiere nicht. Sweta schleppte sich durch die Straßen, hielt sich an allem fest, was ihr unterkam, und schrieb in Gedanken Briefe nach Hause.

Mit der Zeit allerdings begriff Sweta, dass die Sache mit den Briefen hoffnungslos war. Wasja machte ihr feste Versprechungen, die Reise der Mama und Serjoschenkas betreffend, besonders die Mama betreffend. Aber die Mama ohne Serjoschenka? Oder er ohne die Großmutter? »Nur Geduld«, sagte der bärtige Wasja, »nur Geduld.«

Sweta wollte schon anfangen, für die Ankunft der Mama einzukaufen, aber Wasja gab ihr zu verstehen, dass sich zum gegebenen Zeitpunkt alles von selbst lösen werde.

Hier sorgte man sich überhaupt nicht um den morgigen Tag, hier waren anscheinend alle sehr beschäftigt, doch dafür war das Leben ideal, steril, komfortabel durchgeplant.

Wasja arbeitete in seinem eigenen Buchladen, den er sich vom Erbe einer Tante hatte anschaffen können, aber er brachte Sweta keine Bücher, weil sie die fremde Sprache nicht verstand, und auf Russisch hatten sie nichts. Wasja selbst konnte nicht russisch lesen.

Schließlich kam die Zeit, wo Sweta den schwebenden Gang der Einheimischen übernahm. Wie sich zeigte, war das sehr einfach. Man musste sich irgendwo auf eine Treppenstufe stellen und einen großen Schritt in die Luft machen. Für den nächsten Schritt stieß sich der andere Fuß ebenfalls ab, und jeder weitere wurde freier und schwereloser, wie im Traum. Der bärtige Wasja sagte nichts, allein als die Zeit gekommen war, verschwand er für immer, offenbar auf die andere Seite des Flusses, in die reiche Stadt, schloss die einsame Sweta, die, wie sich zeigte, rumdum versorgt war. Anfangs dachte sie, ohne Tränen und Angst, man werde sie nun aus dem Flugapparat vertreiben, und auch Essen werde nicht ewig im Kühlschrank stehen! Aber der Kühlschrank war regelmäßig gefüllt, als gebe es einen Küchenaufzug. Sweta aß jedoch nichts, sie trank nur Säfte und war gesund.

Und schließlich kam der Moment, wo sie, nach einer Zeit des Nachdenkens und der Trauer, sich von den Stufen ihres Hauses löste und mit großen Schritten ans Ufer des Flusses lief, zum Tanz, und sich dort, fremde Hände öffnend, in den großen Reigen einreihte und im Kreise flog.

Sie merkte, dass hier etwas nicht stimmte, sie wollte weder die Mama noch ihren kleinen Sohn mehr sehen. Sie wollte nicht einmal jenem Soldatenregiment begegnen und hoffte, überhaupt niemandem mehr zu begegnen, und falls

doch, so würde sie nicht wissen, wer das war, ihn nicht erkennen im Reigen der jungen, blassen, zur Ruhe gebrachten
Personen, die wie sie selbst umherflogen, frei und in der
Hoffnung, niemandem mehr zu begegnen, in diesem Reich
der Toten, und niemals zu erfahren, wie sie sich dort sehnen, im Reich der Lebenden.

DA IST JEMAND IN DER WOHNUNG

Da ist eindeutig jemand in der Wohnung. Geht sie ins kleine Zimmer, fällt im großen was um. Wo ist die Katze? Auf dem kleinen Tisch in der Diele sitzt sie, der Spiegel gibt ihr Bild wider, die Ohren sind gespitzt, klar, auch sie hat was gehört. Schnell ins große Zimmer – da fliegt dort ganz von selbst ein Blatt Papier vom Klavier, ein Zettel mit einer Telefonnummer, keine Ahnung von wem, er flattert lautlos herunter und zeichnet sich weiß auf dem Teppich ab.

Da ist jemand unvorsichtig geworden – überlegt die Frau, die in der Wohnung lebt –, da denkt jemand nicht mehr daran, sich zu verstecken.

Der Mensch fürchtet die Anwesenheit unbekannter Wesen, er fürchtet Insekten, winzige Ameisen im Bad, er fürchtet sogar eine einzelne betrunkene Schabe, die im narkotisierten Zustand vor der Ausrottungsschlacht der Nachbarn geflohen ist. Sie sitzt dort gut sichtbar da. Alles fürchtet der Mensch, der allein mit der Katze in der Wohnung zurückgeblieben ist, alle sind verschwunden, die ganze Familie, und haben die kleine menschliche Schabe allein an ihrem Platz hocken lassen.

Es vergeht kein Wochenende, an dem nicht etwas runterfällt und jemand heimlich von einem Zimmer ins andere huscht.

Die Frau erzählt niemandem was von ihrem Poltergeist, noch hält Er sich versteckt und klopft nicht, wird nicht frech, legt kein Feuer, lässt nicht den Kühlschrank durch die Wohnung tanzen und drängt sie nicht in die Ecke, noch kann sie sich nicht beschweren.

Aber da hat sich schon was eingenistet, irgendeine lebendige Leere, klein von Wuchs, ruhelos, am Boden lang kriechend. Nicht umsonst spitzt die Katze die Ohren.

»Was ist, na, was ist?«, sagt die Frau zur Katze, aber die Katze ist still und benimmt sich seltsam, wie alle Katzen. Lässt sich nicht streicheln, mag nicht, wenn man sie auf den Schoß nimmt, und dann springt sie plötzlich doch hoch, wenn es einem nicht passt. »Wovor hast du Angst, Ljalja, ganz ruhig.«

Die Katze zuckt vor der Hand zurück und läuft weg.

Die Frau sieht bis zum Umfallen fern und taucht, eingehüllt in bläuliches Licht, in süße Welten, erschreckt sich, ist gespannt, sehnt sich, genießt das aufregende Leben. Sie ist Herr des Geschehens auf dem Sofa. Und dann krach! Wieder ist im kleinen Zimmer etwas runtergefallen.

Wie gruselig, Donnergetöse, das Echo hallt wider.

Die Frau rennt hin und erstarrt. Das Regal mit den Schallplatten ist von der Wand gekracht. Die Schallplatten sind im ganzen Zimmer verstreut, liegen als staubiger Fächer auf dem ungemachten Couchbett und dem Fußboden. Wenn dort jemand geschlafen hätte (wer, ist klar), hätte ihn eine Kante des Regals genau an der Schläfe getroffen. Aber das ist nicht passiert. Nun sind in der Wand zwei dunkle Risswunden, die Nägel sind rausgefallen, die früher jemand reingeklopft hat, lieber nicht dran denken. Eigentlich nicht Nägel, diese Dinger werden irgendwie anders genannt. Das ist damals eine richtige Heldentat gewesen, fast eine große Liebesgeschichte. Ein Drillbohrer war mit im Spiel.

Schließlich waren diese Nicht-Nägel endlich drin, und jetzt ist alles zusammengebrochen.

Das Regal ist auf das Klavier gekracht, daher also das Donnergetöse mit einer Resonanz wie in den Bergen.

Das Klavier ist auch so eine Geschichte für sich, ein kleines Mädchen hat darauf spielen gelernt. Die Mutter hatte darauf bestanden. Sie zwang das Mädchen, setzte es davor. Nichts ist draus geworden. Der Starrsinn hat gesiegt. Der Starrsinn, mit dem sich der Mensch gegen einen fremden Willen wehrt. Sein Leben behauptet. Auch wenn dieses Leben schlechter verläuft, als es jemand anderes vorgesehen hat, ärmer, immerhin ist es das eigene, egal, wie, dann eben ohne Musik, ohne Talent. Ohne Konzertauftritte für die Verwandtschaft. Aber auch ohne überflüssigen Kummer, dass jemand anderes besser spielt. Die Mutter hat sehr darunter gelitten, dass andere Kinder angeblich begabter als ihre Tochter waren. Das hat die Tochter häufig zu hören bekommen und sich an der Mutter gerächt, indem sie völlig unnütz geworden ist, eine Tatsache, die sich beide freimütig eingestanden haben.

Dann hatte sich alles in Luft aufgelöst, diese gegenseitige Abhängigkeit von Mutter und Kind, nur das Klavier und die alten Schallplatten sind übrig geblieben. Die Mutter hatte eine Sammlung klassischer Musik. Am Telefon hat sie das Leben ihrer Tochter breitgetreten, Geheimnisse ausgeplaudert wie den letzten Dreck. Jetzt gab es keine Mutter mehr noch Tochter noch Regal. Nur eine Frau, die auf der Schwelle steht, gelähmt vom Bild der Zerstörung. Auf dem Couchbett kann nicht mehr geschlafen werden, alles kaputt, voller Staub und schmutzig. Die Wäsche müsste gewechselt werden. Gewischt, gewaschen, alles aufgeräumt werden (wohin?).

Die Frau zieht sich ins große Zimmer zurück, sie schließt die Tür zum kleinen Zimmer, als sei es für immer.

Wenn man wenigstens den ekelhaften, halb sichtbaren Schwanz dieses Ungetüms zu fassen kriegen könnte, das all diese Sachen angerichtet hat. Aber was würde das ändern? Man würde vor Entsetzen und Abscheu umkommen. Dieses Ungetüm ist nicht totzukriegen, nicht mit dem Absatz zu zerquetschen. Also ist fangen sinnlos.

Der da alles zerstört, der hat was im Sinn, der will was erreichen. Wie damals die Mutter mit der Tochter was erreichen wollte. Wenn man rauskriegt, was dieses Monster erreichen will, dann kann man Ihm sein Interesse verleiden, Ihm seine Übermacht nehmen. Es gibt da so eine Methode – einer Gefahr direkt entgegengehen. So wie man im Wald einen Brand bekämpft, indem man einen zweiten legt, und wenn beide aufeinandertreffen, verlöschen sie.

So hat die Mutter früher ein deutsches Kaffeeservice wie ihren Augapfel gehütet, entweder für schlechte Zeiten oder als Sparanlage für die Beerdigung, und als die Tochter in einem Wutanfall eine Tasse auf den Boden schmiss (peng!), da schmetterte die Mutter kaltblütig das ganze Service, ein Ding nach dem andern, mit Schwung auf den Boden (pong!). Die Tochter wäre fast übergeschnappt, sie raufte sich die Haare, und die Mutter sagte: »Wenn ich sterbe, dann sollst du auch nichts haben.«

Nun fragt sich: Will das Ungeheuer die völlige Zerstörung oder die Frau einfach nur aus der Wohnung ekeln?

Aus der Wohnung kann sie nicht. Wohin? Vielleicht möchte sogar jemand zurückkommen (denkt die Mutter-Tochter). Also bleibt ihr nur zu bleiben, doch wenn das Monster alles zerrütten will, muss Es aus eigener Kraft überwunden werden. Muss auf Es reagiert werden wie Kutusow auf Napoleon, damit es Ihm ungemütlich wird in seiner Stellung. Ein weiser Entschluss. Es wird überrumpelt.

Sich dazu aufzuraffen ist anfangs schwer, dann geht es leichter.

Sie zerschmettert in der Küche das gesamte Geschirr, verteilt es in der Wohnung. Hängt mit großer Anstrengung den Wandschrank ab und schmettert ihn auf die Scherben. Da entdeckt sie, dass dieser Schrank nur noch an einer Schraube gehangen hat, als sie ihn abnahm. Das heißt, die Schraube hat sie gleich mit dem Schrank aus der Wand gezogen, wie ein Fischlein aus dem Teich. Ganz leicht. Und auch der Schrank hat sich schon halb aufgelöst, nur die Rückwand ist hängen geblieben. Also ist dieser Schrank sowieso drauf und dran gewesen, von der Wand zu fallen und das ganze Geschirr in den Abgrund zu reißen! Oder auf den Kopf dessen zu fallen, der darunter steht!

Die Mutter-Tochter wird mutiger. Wie sie das vorausgesehen hat! Ein Schritt dem Feind entgegen, und der Anschlag ist aufgedeckt! Wille gegen Wille.

Sie übernachtet auf dem Couchbett im großen Zimmer, dann wartet sie einen Tag.

Da ist es wieder. Es raschelt im kleinen Zimmer, wo es staubig ist, die Schallplatten verstreut herumliegen, wo vom Vortag noch das Donnergetöse in der Luft schwebt. Sie geht hinein. Dort wird ganz offensichtlich was vorbereitet. Dort steht die ewig ausgezogene Couch, das Bettzeug hat sie sonst immer in den Bettkasten unter die Matratze geräumt. (Seit einiger Zeit hat sie aber das Aufräumen eingestellt, wozu die Mühe?)

Jetzt nimmt die M-T (Mutter-Tochter) einen Hammer mit Nagelheber und kippt die Liege hoch, die Schallplatten rutschen alle auf einen Haufen in den Bettkasten. Mit dem Nagelheber beginnt sie die Schrauben rauszuziehen, die den Hebemechanismus der Liege halten. Sie muss auf Knien in den Kasten kriechen und dort im Dunkeln im Staub herumhantieren. Aber schon bei der zweiten Schraube wird ihr klar, dass der Mechanismus in Gefahr schwebt. Die Schrauben sind schon halb draußen! Das heißt, ein, zwei Tage noch, und der Mechanismus hätte den Geist aufgegeben. Und dann wär's weder hoch noch runter gegangen. Wieder ist sie einem Anschlag zuvorgekommen! Wieder ist das Monster angeschmiert! Die Couch kann man jetzt nicht mehr zusammenklappen. Soll sie bleiben, wie sie ist. Zugemüllt, staubig, mit einem Haufen Schallplatten im Bauch, mit zerkrumpelten Laken, für ewig soll sie so bleiben, wie ein Mahnmal an einem Unglücksort, um den man einen kilometerweiten Bogen machen muss. Wie ein Ort der Verheerung nach einem Erdbeben.

Jetzt muss die Frau den Ereignissen weiter entgegengehen, nicht nach dem grapschen, was ihr von selbst in die Hände fällt, sondern das Unberührte suchen, das Heile.

Mit einem Hammerschlag zerschmettert sie den Fernsehapparat. Ein alter Fernseher war das, aber noch intakt, obwohl er nur noch in Schwarz-Weiß lief.

Nichts Besseres hätte sie für ihre Taktik, die sie sich ausgedacht hat, finden können. Wenn das Monster zu dem schrecklichsten Schlag hätte ausholen wollen, hätte Es den Fernseher implodieren lassen. Man stelle sich die Folgen vor: das Gesicht voller Schnittwunden (sie hat immer direkt vor der Röhre gesessen) und die ganze Wohnung in Brand. Alles verkohlt. Der Leichnam, oder was von ihm übrig ist, wird in einem Plastiksack rausgetragen. Im Fernseher haben sie immer genau solche Schauergeschichten gezeigt.

Dieser Punkt ist der kritischste. Der Fernseher hat der M-T alles bedeutet. Lebensinhalt, Glück und Gemütlichkeit, denn immer ist es der Fernseher gewesen, weswegen sie nach Hause gerannt ist vom Einkaufen. Fürs Fernsehen hat sie immer die kostenlose Reklamebeilage mitgenommen, in der die Programme abgedruckt sind. Und diese Programme hat sie nie weggeworfen, in Gedanken war sie immer noch bei den Sendungen, hat sich erinnert.

Aber das Dach überm Kopf ist dem Monster bestimmt noch wichtiger, denkt sie, darüber sollte sie sich jetzt den Kopf zerbrechen.

Um sich in diesem schrecklichen Dilemma nicht zu verheddern (Leben oder Tod), kramt die M-T aus dem Kleiderschrank alles raus und stopft es in einen Kartoffelsack, den sie unter dem alten Gerümpel im Einbauschrank hervorgezogen hat. Dieser alte Trödel sollte schon lange weg (aber nicht jetzt), alte Jacken, Röcke, Galoschen, alles für Putzlappen oder wenn sie aufs Dorf fährt, im Falle eines Krieges und einer Evakuierung, für Hungerzeiten zum Beispiel. Im Schrank bewahrt sie auch alte Vorhänge und Decken auf, beginnend mit Kinderdecken – die Rettung, wenn im Winter mal nicht geheizt werden sollte, so wie in der Leningrader Blockade '41. Im Einbauschrank ist die gesammelte Armut zusammengepresst, und im Kleiderschrank das jetzige Leben. Na dann, alles raus aus dem Schrank und hinein in den Sack!

Draußen ist es dunkel geworden, und die M-T wuchtet den Kartoffelsack zum Fenster und wirft ihn hinaus. Pullover, Kleider, eine Jacke, ein Mantel. Unterwäsche. Schals, Handschuhe, Mützen, eine Baskenmütze, ein Hut, Gürtel, Kopftücher. Heile dicke Winterstrumpfhosen. Hosen. Drei Wollpullover. Zwei weite Röcke, ein langer Wickelrock. Danach saubere, frische Bettwäsche, die nach guter Seife riecht. Alle Handtücher. Kissenbezüge und Laken, Bettbezüge, eins davon bestickt. Mein Gott. Aber immerhin gefeit vor Feuer.

Dem schweren Sack folgt durch das offene Fenster ein goldgerahmtes Bild von der Wand und drei Stühle, einer nach dem anderen.

Unten ruft jemand, schimpft, flucht, das dumpfe Geschrei eines Mannes.

Schnell das Fenster zu. Fertig.

Zum Anziehen hat sie nun nichts mehr, nur den Morgenrock und darunter Nachthemd und Schlüpfer.

Sie legt sich aufs Sofa, die alten Fernsehprogramme unter sich gebettet. Decke und Kopfkissen liegen im kleinen Zimmer wie Erdbebenopfer. Mit neuen Reklamebeilagen deckt sie sich zu.

Am nächsten Morgen überlegt die M-T, gut ausgeschlafen, dass sie nun nichts mehr fürchtet, rein gar nichts mehr, und sie findet es nicht mal mehr schrecklich, das ganze bisherige Leben aufzugeben, die Gewohnheiten, das Dach überm Kopf.

Es beginnt der allmähliche Rückzug aus der Wohnung. Sich noch einmal umschauend, tritt die M-T über die Schwelle und vergisst den Schlüssel in der kleinen Tasche auf dem Tisch. Aber sie hat nicht vergessen, die Katze ins Treppenhaus zu lassen.

Sie hätte sie auch einschließen können, aber die Katze stellt (bestimmt) keinen großen Wert dar und hat es nicht verdient, dem Monster in den Rachen geworfen zu werden. Die Opferung eines lebenden Wesens ist irgendwie nicht vorgesehen. Die M-T schadet sich selbst. Aber es fragt sich: Wem schadet es mehr – dem Kätzchen oder der M-T, wenn die M-T ein neues Leben ohne alles anfängt, aber ständig das immer leiser werdende Miauen der fast toten, eingeschlossenen Ljalja hört. Die M-T hat sich selbst davon überzeugt, dass es die Katze wäre, die das größere Opfer bringt. Wer braucht sie schon und ihre Hungerqualen. Ein unbedeutendes Tier, vom Baum runtergeholt.

Die Mutter-Tochter hat diesen Gedanken beiseitegeschoben und seelenruhig beschlossen, die Katze rauszuscheuchen. Doch da ist es zu einem Zwischenfall gekommen, zu einer komischen Geschichte. Die M-T ist fähig zum Leben in

Freiheit, die Katze hingegen nicht. Als die M-T die Katze hochgenommen hat, um rauszugehen, hat die Katze zu vibrieren begonnen, wie ein kochender Teekessel. Wie eine Regionalbahn vor der Abfahrt. Wie ein schwer krankes Kind bei Schüttelfrost. Sie hat offenbar aus Angst um ihr Leben gezittert.

»Was ist los«, flötet die M-T. »Wovor fürchtest du dich? Schon gut, schon gut. Du wolltest doch immer raus. Nun geh! Solange du noch am Leben bist!«

Richtig, die Katze hat immer ins Treppenhaus gewollt, hat neben der Wohnungstür gelauert und ist einem mit ihrem heiseren Miauen auf die Nerven gegangen. Nächtelang hat sie geschrien. Aber sie rauszulassen war zu gefährlich, sie wäre vielleicht nicht mehr zurückgekommen. Die M-T hat das Tier immerhin geliebt. Auch wenn das im Moment nicht danach aussieht.

Fröhlich, lebhaft lässt sie im Treppenhaus die Katze vom Arm und schlägt die Tür hinter sich zu, das war's!

In Morgenrock und Latschen steht sie auf dem Gipfel ihres Schicksals, das Monster ist besiegt. Hier draußen kann Es toben und tollen, so viel Es will, in dieser riesigen, weiten Welt.

Die Katze sitzt schwer getroffen auf ihrem Schwanz. Sie macht einen Buckel und sinnt über irgendwas nach. Die Frau, die bereits eine halbe Treppe tiefer steht, dreht sich noch einmal um und schaut nach oben. Die Katze starrt vor sich hin, ihre Augen sehen ganz weiß aus, als hätte sie den weißen Star, die Pupillen haben sich in winzige Körnchen verwandelt, versunken in einer grünlichen Masse, die die Augenhöhle ausfüllt. Das Schnäuzchen sieht aus wie geleckt. Der kleine Schädel reckt sich plötzlich nach oben und zeichnet sich spitz unter dem schwarzen Fell ab. Auf der Treppe sitzt der Tod, mit dürftigem Fell bekleidet.

Die Frau heult fast los. Die Katze bereitet sich auf ihren Untergang vor. Auf sie wartet die Straße, streunende Hunde, Hunger. Die Katze kann nicht um ihr Leben kämpfen, sie weiß nicht, wie sie sich retten soll. Gleich heute wird man sie aus dem Haus scheuchen, wird ihr einen Tritt in die Rippen geben nach der ersten hingemachten Pfütze.

Die M-T hält in ihrer feierlichen Bewegung nach unten inne. Sie überlegt, dass die Katze draufgehen wird, so wie alles draufgegangen ist – das Geschirr, die Stühle, der Fernseher, die Kleider.

Das Monster kann seinen uneingeschränkten Sieg feiern.

»Das ist ein bisschen zu viel«, überlegt die M-T, »alles diesem nichtswürdigen Ding in den Rachen.«

»Genug«, beschließt sie, »dass ich mich auch gleich so habe einschüchtern lassen!«

Ljalja sitzt da wie ausgestopft, mit aufgerissenen, glasigen, trüben Augen. Ihr Schwanz, sonst voller Energie, der ihre Gefühle ausdrückt, liegt jetzt wie ein staubiger, lebloser Strick da. Das Fell ist schon ganz matt und fahl.

Da nimmt die Frau Ljalja auf den Arm, drückt den erstarrten Körper an sich und klingelt bei den Nachbarn, von dort ruft sie entschlossen den Hausmeister an und setzt sich auf den ihr angebotenen Stuhl, um auf den Schlüsseldienst zu warten.

Als die Tür aufgebrochen ist, betritt sie ihr zerstörtes Heim, setzt Ljalja auf den Boden und betrachtet die Wohnung mit gänzlich neuen Augen. Als ob hier alles neu sei, fremd, interessant.

Die Schuhe stehen noch alle in der Diele! Vom Geschirr sind alle Töpfe heil geblieben und die Schüssel und der Becher! Löffel! Gabeln! »Was für ein Luxus!«, denkt die Frau, die schon drauf und dran war, unten auf der Straße im Müllcontainer zu wühlen auf der Suche nach einer Büchse zum Trinken und nach verschimmeltem Brot zum Essen.

»Hätte ich diesen Luxus etwa im Müll gefunden?«, fragt sie sich, als sie den Kühlschrank öffnet, in dem zwei Teller stehen, ein flacher und ein tiefer, mit gekochten (!) Kartoffeln und Roter Bete. Und ein kleines Schraubglas mit Suppe! Und ein Schüsselchen mit Fisch für Ljalja!

In der Wohnung gibt es alles. Ein warmes, relativ sauberes Heim, zumindest wenn man es von der Küche aus betrachtet. Das Wasser läuft, es gibt Seife und Telefon! Und das Bett! Laken gibt's und einen Bettbezug, was für ein Glück. Schallplatten auf dem Sofa und ein vergessener Schallplattenspieler in der Ecke, einst hat jemand sehr gern Musik gehört in dieser Wohnung ... Mutter oder Tochter.

Die Mutter-Tochter räumt schnell das in Scherben zerschlagene Geschirr auf (halb so wild, ist ja nicht das erste Mal in diesem Haus), unternimmt mehrere Gänge zum Müllcontainer, und als sie das dritte Mal einen Sack mit Scherben und Müll hineinschüttet, treten zwei Männer in schmutziger, speckiger Kleidung und mit Taschen über der Schulter vorsichtig näher, warten einen Augenblick, um sich dann gleich über den Müll herzumachen, kaum dass die M-T sich entfernt hat. Sie bewegen sich wie Schatten von Menschen, die sich in verschiedene Richtungen ausbreiten und krümmen.

Die M-T geht unter ihrem Fenster nachschauen. Natürlich, sie haben den Sack leer gemacht. Ein anderer wird jetzt in M-Ts Pullovern und Hosen rumlaufen, und sie wird frei wie ein Vogel ohne Kleider rumspazieren. Jawohl!

Als sie wieder in ihre saubere, gefegte, gewischte Wohnung kommt, wundert sich die M-T vor allem über ihre frühere Unentschlossenheit (sie hat die Lebensmittel nicht weggeworfen, den Inhalt des Kühlschranks nicht zerschlagen, hat alle Glühbirnen ganz gelassen).

Sie greift sich an den Kopf, holt den Fisch aus dem Kühlschrank und legt ihn Ljalja in ein Schüsselchen.

Ljalja sitzt noch zur Salzsäule erstarrt mitten auf der Diele, ihre Augen erinnern immer noch an Weintrauben, von denen man die Haut abgezogen hat, mit einem kaum sichtbaren Kern im Innern.

Der Atem des Todes hat ihre schreckhafte Seele offenbar einfrieren lassen.

Die Frau gibt sich keine Mühe, die Katze zu trösten, sie hat jetzt nur eine einzige Aufgabe – alles so schnell wie möglich in den früheren Zustand zu bringen, dann kommt die Katze schon wieder zu sich.

Und wie es oft so ist, wenn ein Familienmitglied Angst hat oder hysterisch ist, fasst sich das andere Familienmitglied ein Herz, um die Lage zu retten. Die Frau wirbelt herum, stellt das Regal aufs Klavier, schiebt die Schallplatten hinein, schafft die Bettwäsche ins Bad, spült sie schnell durch und hängt sie auf. An Handtüchern finden sich zum Glück noch ein Küchenhandtuch am Haken und zwei überm Heizungsrohr im Bad.

»Halb so schlimm!«, flüstert sie der Katze zu. »Wir boxen uns schon durch!«

Damit nicht genug, findet sie gleich noch einen Schraubenzieher und zieht die Schrauben fest (zum Glück hat sie sie nicht weggeworfen), und klappt das Couchbett schnell zusammen, mit der Lehne nach oben.

Geschafft!

Wie leicht ist etwas zu zerstören, und wie hart ist es, alles wiederherzustellen, Ordnung zu schaffen. Wie schwer fällt es einem, sich zu bücken, in die Ecken zu kriechen, die Scherben aufzulesen, den Müll rauszubringen, die Schrauben reinzudrehen! Am schlimmsten ist es mit dem Fernseh-apparat. Die Frau muss die Dunkelheit abwarten und ihn unter großer Anstrengung aus dem Fenster werfen, um dann unten das Gerippe auf das Wägelchen zu hieven und zum Müllcontainer zu schieben.

Als ob über ihr friedliches Leben ein Krieg hereingebrochen wäre.

Leer sieht es aus im Wohnzimmer ohne Stühle und Fernseher.

Aber der Mensch kann auf alles verzichten, wenn er überlebt. Fernsehen kann sie nun nicht mehr, aber dafür tritt aus dem Dunkel ein ganzer Bücherschrank hervor, die M-T legt eine Platte auf, die sie früher besonders mochte, alte Tangos!

Während die Musik läuft, packt sie Rucksäcke und Koffer mit alten Klamotten aus. Ihr ganzes Leben läuft vor ihr ab wie ein Film. Die geliebten Schatten werden lebendig und umgeben sie, obwohl ihr von den alten Sachen kaum mehr was passt, vom Sitzen vor der Kiste ist sie offenbar in die Breite gegangen. Wunderbar. Sie findet noch Stoffreste, unten im Schrank steht die alte Nähmaschine, einen Rock kann sie sich irgendwie zusammenschustern zu den alten Strickpullis, die ihr noch passen.

Zumal die M-T schon seit Langem nur noch die ältesten Sachen trägt, die sauberen und fast neuen Kleider hat sie für besondere Gelegenheiten aufgehoben, falls sie mal unter Leute geht (aber dieser Fall ist nie eingetreten).

Bei dieser Gelegenheit packt die M-T gleich noch einen Sack mit Lumpen und alten Latschen, weil ihr wieder die schwarzen Schatten einfallen, die von ihr den Haufen zerschlagenes Geschirr bekommen haben.

Du lieber Gott, was für ein neues Leben plötzlich vor ihr liegt, nur die Katze sitzt immer noch wie versteinert da, wie ein Mensch, der sehr viel durchgemacht hat, und starrt mit trübem Blick auf ein und denselben Punkt.

Plötzlich spitzt die Katze die Ohren. Irgendwo knarren die Dielen.

Die Frau muss lachen.

Ist doch klar, das Haus verzieht sich, die Dielenbretter reißen, das erstens. Zweitens wohnen in den Wohnungen über ihr, unter ihr und neben ihr Menschen, irgendeiner läuft immer rum, irgendwas fällt immer runter, geht kaputt, wird repariert, bewegt sich, da ist immer was los, sagt die Frau laut zur Katze gewandt.

Ljalja zuckt mit den Ohren, erhebt sich geschmeidig von den Hinterbeinen und geht in die Küche, sie schleicht mit den Vorderpfoten wie eine schwere Tigerin, was komisch aussieht in ihrem mageren Zustand. Dann setzt sie sich vornehm vor ihr Schälchen, mit dem Mäulchen zur Wand, beugt sich darüber, nimmt ein Stück Fisch und schüttelt den Kopf hin und her: Sie hat beschlossen weiterzuleben.

DER VATER

Es lebte einmal ein Vater, der seine Kinder nicht finden konnte. Er ging überall hin und fragte, ob nicht seine Kinder hier vorbeigelaufen seien. Doch wenn man ihm die einfache Frage stellte: »Wie sehen sie denn aus, wie heißen Ihre Kinder, sind es Jungen oder Mädchen« und so weiter, dann konnte er nicht antworten. Er wusste, dass sie irgendwo sein mussten, und suchte einfach weiter. Eines Abends hatte er Mitleid mit einer alten Frau und trug ihr die schwere Tasche bis zur Wohnungstür. Die Alte lud ihn nicht ein hereinzukommen, sie sagte nicht einmal »danke«, riet ihm aber plötzlich, mit dem Vorortzug zur Station »Kilometerstein Vierzig« zu fahren.

»Warum?«, fragte er.

»Was heißt, warum?«, antwortete die Alte, schloss ihre Tür fest zu und legte die Kette vor.

Am ersten freien Tag fuhr er trotz allem – und es war ein harter Winter – zum Kilometerstein Vierzig. Aus unerfindlichen Gründen fuhr der Zug den ganzen Tag und machte lange Haltepausen und kam schließlich auf der Station »Kilometerstein Vierzig« angekrochen, als es schon dunkel wurde. Der unglückliche Reisende fand sich am Rande eines Waldes wieder und krabbelte aus irgendeinem Grunde durch Schneewehen ins tiefste Dickicht hinein. Bald gelangte er auf einen festgestampften Pfad, der ihn in der Dämmerung zu einer kleinen Hütte führte. Er klopfte, es antwortete niemand. Er trat in die Vordiele und klopfte an die Tür. Wieder keine Antwort. Da trat er vorsichtig in die warme Hütte, zog Stiefel und Jacke aus, nahm die Mütze vom Kopf und sah sich um. Im Häuschen war es sauber und warm, eine Petroleumlampe brannte, als wäre gerade eben jemand aus dem Haus gegangen, und es standen Tasse, Teekessel, Brot, Butter und Zucker auf dem Tisch. Der Ofen war warm. Unser Reisender war durchgefroren und hungrig, deshalb schenkte er sich, laut um Verzeihung bittend, eine Tasse heißes Wasser ein und trank sie aus. Nach einigem Zögern aß er ein Stück Brot und legte Geld auf den Tisch.

Unterdessen war es draußen ganz dunkel geworden, und der reisende Vater überlegte, was er tun sollte. Er kannte den Zugfahrplan nicht und riskierte sowieso, in den Schneewehen zu versinken, zumal große Mengen Neuschnee gefallen waren, der alle Spuren zugedeckt hatte. Da legte er sich auf die Bank und nickte ein.

Er wurde von einem Klopfen an der Tür geweckt. Er setzte sich auf und sagte:

»Ja, ja, bitte!«

In die Hütte trat ein kleines, in zerfetzte Lumpen gehülltes Kind. Beim Eintreten blieb es unentschlossen am Tisch stehen.

»Was ist denn das für eine Erscheinung?«, fragte der noch nicht ganz zu sich gekommene künftige Papa. »Wer bist du denn? Wo kommst du denn her? Wohnst du hier?« Das Kind zuckte mit den Schultern und sagte:

»Nein.«

»Wer hat dich hergebracht?«

Das Kind schüttelte den Kopf, um den ein zerrissener Schal gewickelt war.

»Bist du allein?«

»Ich bin allein«, entgegnete das Kind.

»Und deine Mama? Dein Papa?«

Das Kind schniefte und zuckte mit den Schultern.

»Wie alt bist du denn?«

»Weiß ich nicht.«

»Na gut, und wie heißt du?«

Das Kind zuckte wieder mit den Schultern. Sein Näschen taute auf und tropfte. Es wischte sich die Nase mit dem Ärmel ab.

»Warte«, sagte da der zukünftige Vater. »Für solche Fälle haben die Leute ein Taschentuch.«

Er putzte dem Kind die Nase und zog es behutsam aus. Er wickelte den Schal ab, nahm ihm die Pelzmütze vom Kopf, die nach alten Leuten roch, und zog ihm das Mäntelchen aus, das warm, aber zerschlissen war.

»Ich bin ein Junge«, sagte das Kind plötzlich.

»Na, das ist ja schon was«, sagte der Mann, wusch dem Kind in einem Bottich die Hände, die ganz klein waren, mit winzigen Fingernägelchen. Das Kind ähnelte überhaupt einem alten Mann, manchmal auch einem Chinesen, und mit seinen geschwollenen Äuglein und seinem Näschen manchmal sogar einem Kosmonauten.

Der Mann bewirtete das Kind mit süßem Tee und Brot. Es stellte sich heraus, dass es nicht allein trinken konnte, er musste es mit dem Löffel füttern. Vor Anstrengung geriet der Mann sogar ins Schwitzen.

»So, und jetzt bring ich dich ins Bett«, sagte er schweißgebadet. »Auf dem Ofen ist es warm, doch da fällst du runter. Eiapopeia, was raschelt im Stroh, wer am Rande liegt und runterrollt, kriegt 'nen blauen Po. Ich leg dich auf die Truhe und stelle Stühle davor. Woraus soll ich dir bloß ein Bett bauen?«

Der Mann suchte in der ganzen Hütte nach einer warmen Decke, fand aber keine und legte seine warme Jacke auf die

Truhe, er zog seinen Pullover aus, um das Kind zuzudecken. Doch dann betrachtete er die Truhe. Vielleicht lag da was drin, irgendwelche Lumpen?

Der Mann öffnete die Truhe und zog eine kleine blaue Seidensteppdecke heraus, ein Kissen mit Spitzen, eine kleine Matratze und einen Stapel kleiner Laken. Darunter lag ein Stapel feiner Hemdchen, ebenfalls mit Spitzen, dann noch warme Baumwollhemdchen und ein Bündel Strickhöschen, umwickelt mit einem blauen Band.

»Oho, das ist ja eine ganze Aussteuer!«, rief der Mann erstaunt. »Allerdings gehört das einem andern Kind … Aber alle Kinder frieren gleichermaßen und haben gleichermaßen Hunger … Man muss mit anderen teilen!«, sagte der künftige Vater laut. »Man darf nicht zulassen, dass das eine Kind gar nichts hat, dass es in Lumpen gehen muss, während das andere Kind viel zu viel hat. Stimmt's?«, fragte er.

Doch das Kind war bereits auf der Bank eingeschlafen. Da richtete der Mann mit ungeschickten Händen ein prächtiges blaues Bettchen her, zog dem Kind ganz vorsichtig saubere Sachen an und legte es hin. Er selbst warf seine Jacke auf den Fußboden neben die Truhe, vor die er Stühle gestellt hatte, legte sich darauf und deckte sich mit dem Pullover zu. Bei all dem war der künftige Vater so müde geworden, dass er sogleich in tiefen Schlaf fiel, was ihm sonst nie passierte.

Er erwachte von einem Klopfen.

In den Raum trat eine Frau, von oben bis unten mit Schnee bedeckt, doch barfuß. Der Mann sprang schlaftrunken auf, verdeckte mit seinem Körper die Truhe und sagte:

»Verzeihen Sie, wir haben es uns bei Ihnen gemütlich gemacht. Doch ich bezahle dafür.«

»Verzeihen Sie, ich habe mich im Wald verirrt«, sagte die Frau, ohne auf seine Worte zu achten, »und möchte mich gerne bei Ihnen aufwärmen. Ich hatte Angst zu erfrieren, draußen ist ein richtiger Schneesturm. Darf ich reinkommen?«

Der Mann begriff, dass diese Frau gar nicht die Besitzerin des Hauses war.

»Ich stelle gleich den Teekessel auf«, sagte er. »Setzen Sie sich.«

Er musste den Ofen mit Holz heizen und in der Vordiele nach dem Wasserfass suchen. Auf dem Weg dorthin fand er einen gusseisernen Topf mit warmen Kartoffeln und einen zweiten gusseisernen Topf mit Hirsebrei.

»Gut, wir essen die Kartoffeln, den Brei heben wir für das Kind auf«, sagte der Mann.

»Für welches Kind?«, fragte die Frau.

»Für das hier.« Der Mann deutete auf die Truhe, wo das kleine Kind mit ausgestreckten Ärmchen in süßem Schlaf lag.

Die Frau sank neben der Truhe auf die Knie und weinte plötzlich.

»O Gott, da ist es ja, mein Kindchen«, sagte sie. »Ist es wirklich meins?«

Und sie küsste den Rand der blauen Steppdecke.

»Ihr Kind?«, fragte der Mann verwundert. »Wie heißt es denn?«

»Ich weiß nicht, ich habe ihm noch keinen Namen gegeben. Diese Nacht hat mich so erschöpft, eine richtige Leidensnacht. Niemand konnte mir helfen. Niemand auf der Welt.«

»Und was ist es, ein Junge oder ein Mädchen?«, fragte der Mann misstrauisch.

»Das ist ganz egal: Ich werde es so oder so lieb haben.«

Und sie küsste wieder den Rand der Decke.

Der Mann betrachtete die Frau aufmerksam und entdeckte auf ihrem Gesicht tatsächlich Spuren von Leid, die Lippen waren aufgesprungen, die Augen eingefallen, und die Haare hingen wirr herab. Ihre Beine waren sehr dünn. Doch als einige Zeit vergangen war, hatte sich die Frau wohl aufgewärmt, sie wurde wie durch ein Wunder schön. Ihre Augen fingen zu strahlen an, die eingefallenen Wangen röteten sich. Nachdenklich betrachtete sie den unschönen, glatzköpfigen Jungen, der auf der Truhe schlief. Ihre Hände, die die Kante der Truhe umklammert hielten, zitterten.

Auch das Kind veränderte sich. Es wurde immer kleiner und ähnelte jetzt einem alten Mann mit dicker Nase und kleinen Schlitzäugelchen ...

All das kam dem Mann seltsam vor – wie sich die Frau und das Kind zusehends veränderten, buchstäblich innerhalb einer Sekunde. Der Mann bekam einen Schreck.

»Na, wenn es Ihr Kind ist, will ich Sie nicht länger stören«, sagte der verhinderte Vater und wandte sich ab.

»Ich gehe, mein Zug fährt bald.«

Er zog sich eilig an und ging hinaus.

Es dämmerte schon, der Pfad war seltsamerweise sauber und festgetreten, als hätte nachts kein Schneesturm gewütet. Unser Reisender ließ das Häuschen bald hinter sich und kam nach einigen Stunden Weges zu genau solch einem Häuschen wie das vorhergehende und trat, ohne sich zu wundern und ohne anzuklopfen, ein.

Die Vordiele sah genauso aus wie die andere, auch das Zimmer sah genauso aus, und auf dem Tisch stand ebenfalls ein heißer Teekessel und lag ein Brot. Der Wanderer war müde und durchgefroren, deshalb trank er schnell, ohne zu zögern, Tee, aß ein Stück Brot und legte sich erwartungsvoll auf die Bank. Aber keiner kam. Da sprang der Mann auf und stürzte zur Truhe. In der Truhe lagen wieder Kinderkleider, doch diesmal waren es Wintersachen – eine kleine Jacke, ein Pelzmützchen, sehr kleine Filzstiefel, warme Stepphosen, sogar ein wunderschöner Skianzug war dabei, und ganz unten lag ein Fellsack mit Kapuze.

Der Mann dachte gleich daran, dass der kleine Junge überhaupt nichts Warmes zum Anziehen hatte, nur Hemdchen und allerlei Krimskrams, sonst nichts! Sich laut entschuldigend, suchte er das Notwendigste aus – den Fellsack, den Skianzug, die Filzstiefel und die Pelzmütze. Dann schnappte er sich noch den Schlitten, der in der Ecke stand, denn in der anderen Ecke hatte er noch einen zweiten entdeckt. Noch einmal um Entschuldigung bittend, nahm er aus dem Berg Filzstiefel hinter der Truhe ein großes Paar, das der Frau passen musste – sie war ja barfuß! Mit dieser Last rannte er, so schnell er konnte, durch den Frost zur ersten Hütte zurück.

Es war niemand mehr da. Der heiße Teekessel stand auf dem Tisch, ein Brot lag da. Die Truhe war leer.

»Bestimmt hat sie dem Jungen den ganzen Krimskrams übergezogen«, dachte der verhinderte Vater. »So was Dummes, wo ich doch alles habe, was sie brauchen!«

Er rannte, den Schlitten hinter sich herziehend, den anderen Pfad entlang und hatte die Frau sehr bald eingeholt, denn sie konnte sich kaum mehr auf den Beinen halten. Sie wankte sogar. Ihre bloßen Füße waren rot vom Schnee. Auf dem Arm trug sie das in Tücher gehüllte Kind.

»Einen Moment«, rief unser Vater. »Warten Sie! Wie kann man denn so losgehen! Der Junge muss doch was ankriegen! Hier hab ich alles, was er braucht.«

Er nahm ihr das Kind ab, sie übergab ihm mit geschlossenen Augen gehorsam ihre Last, und sie machten sich gemeinsam auf den Weg zurück zur Hütte.

Erst jetzt erinnerte sich der Vater an das seltsame Mütterchen, dem er die schwere Tasche nach Hause getragen hatte, und er fragte die Frau:

»Sagen Sie, haben Sie die Adresse auch von der Alten?«

»Nein, sie hat mir nur den Namen der Bahnstation gesagt – ›Kilometerstein Vierzig‹«, antwortete die Frau schon
fast im Einschlafen.

Doch in diesem Augenblick fing das Kind zu weinen an,
sie zogen es zu zweit hastig um, und plötzlich war es so
klein, dass ihm natürlich keine Filzstiefel mehr passten, es
musste gewindelt und in eine Decke gewickelt werden, da
kam der Pelzsack mit der Kapuze gerade recht. Alles übrige
schnürten sie zu einem Bündel zusammen, die Frau zog
ihre neuen Filzstiefel an, und sie gingen zu dritt zurück zur
Hütte. Der frischgebackene Vater trug das Kind, und die
Frau schleppte die Sachen, unterwegs vergaßen sie, wo sie
sich getroffen hatten, sie vergaßen auch den Namen der
Bahnstation. Sie wussten nur noch, dass sie eine sehr
schlimme Nacht hinter sich hatten, einen langen Weg und
schwere Zeiten der Einsamkeit, doch jetzt war ihnen ein
Kind geboren worden und sie hatten das gefunden, was sie
suchten.

DAS KOHLKOPFMÜTTERCHEN

Eine Frau hatte ein Mädchen, ein sehr kleines, das hieß Tropfen, Tröpfchen. Das Mädchen war sehr klein und wollte nicht wachsen. Die Mutter ging mit ihm von einem Arzt zum anderen, doch jedes Mal, wenn sie das Mädchen vorstellte, lehnten die Ärzte eine Behandlung ab: nein und Schluss! Sie stellten nicht einmal Fragen.

Da beschloss die Mutter, Tröpfchen das nächste Mal nicht gleich vorzuführen, sie nahm im Behandlungszimmer des Arztes Platz und fragte:

»Was kann man tun, wenn das Kind nicht wächst?«

Und der Arzt antwortete, wie es sich für einen Arzt gehört: »Was ist denn mit dem Kind? Wie ist die Krankengeschichte? Wie war die Geburt? Wie hat es gegessen?«

Und so weiter.

»Dieses Kind wurde nicht geboren«, entgegnete die unglückliche Mutter. »Ich habe es in einem Kohlkopf gefunden, in einem Frühlingskohlkopf. Ich habe das obere Blatt abgemacht, und da liegt auf einmal ein kleines Kohlmädchen drin, ein Tröpfchen, ein Tropfen. Ich habe es zu mir genommen und ziehe es groß, doch es wächst nicht, schon zwei Jahre.«

»Zeigen Sie mir das Kind«, sagte der Arzt.

Tröpfchens Mutter holte aus ihrer Brusttasche ein Schächtelchen, aus dem Schächtelchen die Hälfte einer Bohne (einer ausgeschälten), und in dieser Bohnenhälfte saß das winzige verschlafene Mädchen und rieb sich mit den Fäustchen die Augen.

Die Mutter holte auch eine Lupe aus der Tasche, und durch diese Lupe betrachtete der Arzt Tröpfchen.

»Ein allerliebstes Mädchen«, brummte er. »Wohlgenährt, gut gemacht, Mutti ... Steh auf, Mädchen. So. Sehr schön.«

Tröpfchen kletterte aus der Bohnenhälfte und ging auf und ab.

»Nun wohl«, sprach der Doktor. »Was soll ich Ihnen sagen: Das Mädchen ist allerliebst, doch es gehört nicht hierher. Woher es kommt, weiß ich nicht. Hier findet es keine Gefährten. Hier ist nicht sein Platz.«

Die Mutter antwortete: »Sie erzählt ja selbst, sie träume, dass sie von einem fernen Stern komme. Sie sagt, dort hätten alle Flügelchen gehabt und wären über die Wiesen geflogen, sie selbst auch, sie hätte Tau getrunken und sich von Blütenstaub ernährt, und sie hätten jemanden gehabt, so eine Art Vorsteher, der sie darauf vorbereitete, dass manche eines Tages zu Fuß gehen müssten, und sie hätten alle angstvoll darauf gewartet, dass ihre Flügelchen verschwänden – da hätte sie der Vorsteher auf einen hohen Berg geführt, dort hätte sich der Eingang zu einer Höhle geöffnet und Stufen hätten hinab geführt, und alle hätten den begleitet, dessen Flügel verschwunden wären, und er wäre hinabgestiegen und immer kleiner und kleiner geworden, bis er sich sozusagen in einen Tropfen verwandelt hätte ...«

Das Mädchen auf dem Tisch nickte.

»Und eines Tages musste auch meine Schöne nach unten gehen, sie weinte, stieg die Treppe hinunter und an dieser Stelle bricht ihr Traum ab – sie erwachte bei mir auf dem Küchentisch in einem Kohlblatt ...«

»So«, sagte der Doktor. »Und was ist mit Ihnen, was ist mit Ihrem Leben los? Wie ist Ihre Krankengeschichte?«

»Mit mir«, sagte die Frau, »was soll mit mir sein? Ich liebe sie mehr als mein Leben, eine schreckliche Vorstellung, dass sie wieder dorthin gehen könnte ... Meine Geschichte ist so, dass mich mein Mann verlassen hat, ich hätte eigentlich ein Kind kriegen sollen, habe es aber nicht zur Welt gebracht ... Mir ging es nicht gut ... Ich bin zum Arzt gegangen, ich wurde in ein Krankenhaus eingewiesen, und dort haben sie das Kindchen in meinem Bauch getötet. Jetzt bete ich für das Kind ... Vielleicht ist es dort, im Land der Träume?«

»Gut«, sagte der Arzt, »ich habe alles verstanden. Hier haben Sie einen Zettel, den bringen Sie zu einem Mann ... Er ist Mönch, lebt im Wald, er ist ein sehr seltsamer Mensch, und nicht immer findet man ihn. Vielleicht kann er Ihnen helfen, wer weiß.«

Die Frau legte ihr Tröpfchen wieder in die Bohnenwiege, dann ins Kästchen, dann in die Brusttasche, steckte die Lupe ein und ging sogleich zum Einsiedler in den Wald.

Sie fand ihn an der Chaussee auf einem Stein sitzend. Sie zeigte ihm den Zettel und deutete wortlos auf die Brusttasche.

»Sie müssen sie dorthin zurückbringen, wo sie herkommt«, sagte der Mönch. »Und nicht nachschauen.«

»Wohin zurück? In den Laden?«

»Närrin! Wo kommt sie her?«

»Vom Kohlfeld. Ich weiß nicht, wo es ist.«

»Närrin!«, sagte der Mönch. »Wer sündigt, muss sich auch zu retten wissen.«

»Wohin?«

»Das ist alles«, sagte der Mönch. »Und nicht nachschauen.«

Die Frau weinte, verbeugte sich, bekreuzigte sich, küsste dem Mönch den Saum seiner speckigen, stinkenden, zerlumpten Wattejacke und ging. Als sie sich eine Minute später umdrehte, sah sie weder den Mönch noch den Stein, auf dem er gesessen hatte, nur einen Nebelfetzen. Die Frau erschrak und rannte davon. Der Abend brach an, und sie lief immer noch über die Felder, und plötzlich erblickte sie ein Kohlfeld – noch ganz kleine Kohlknospen saßen in Reihen auf der Erde ...

Es nieselte, die Dunkelheit rückte heran, und die Frau stand da und hielt die Brusttasche fest und dachte, dass sie ihr Mädchen hier, in dieser Kälte und diesem Nebel, nicht alleine zurücklassen könne. Das Mädchen würde sich erschrecken und weinen!

Da grub die Frau einen großen Erdklumpen mit einer Kohlpflanze aus, wickelte ihn in ihr Unterhemd und schleppte diese Last in die Stadt, zu sich nach Hause.

Mit Ach und Krach und schwankend vor Müdigkeit kam sie zu Hause an, setzte den mitgebrachten Erdklumpen in ihren größten Kochtopf und stellte diesen Topf mit dem Kohlsetzling aufs Fensterbrett. Damit sie den Spross nicht sehen konnte, zog sie den Vorhang zu; doch dann überlegte sie, dass der Setzling ja gegossen werden müsste! Und um ihn zu gießen, müsste sie den Kohlkopf sehen! So trug die Frau den Kohlkopf auf den Balkon, in die Natur sozusagen: Regen, wenn es regnete, Wind, wenn es wehte, Vögel ... Wenn das Kindchen in ihrem Leib hätte leben und wachsen können, wie alle Kinder, wäre es vor Kälte und allem anderen geschützt gewesen – aber dem war nicht so, das kleine Tröpfchen konnte sich nicht in ihrem Körper verstecken, sein einziger Schutz war das Kohlblatt. Die Mutter schob die jungen festen Blätter der Kohlblume auseinander und legte ihr Mädchen hinein. Tröpfchen wachte nicht einmal auf, sie schlief überhaupt sehr gerne und war ein außergewöhnlich gehorsames, fröhliches, genügsames Kind. Die Kohlblätter waren hart, nackt und kalt, sie schlossen sich augenblicklich über Tröpfchen ... Die Mutter zog sich leise vom Balkon zurück, schloss die Tür und lebte einsam wie eh und je: Sie ging zur Arbeit, kam von der Arbeit, kochte sich etwas zu essen – und schaute kein einziges Mal auf dem Balkon nach, was mit dem Kohlkopf geschah.

Der Sommer ging vorüber, die Frau weinte und betete. Um wenigstens zu lauschen, was auf dem Balkon passierte, schlief sie direkt vor der Balkontür auf dem Fußboden. Wenn kein Regen kam, fürchtete sie, der Kohl würde verwelken, wenn es regnete, fürchtete sie, der Kohl würde faulen, doch sie erlegte sich das Verbot auf, auch nur daran zu denken, wie und was Tröpfchen dort aß und wie sie, in der grünen Falle sitzend, Tränen vergoss, ohne ein einziges tröstendes Wort ihrer Mutter, ohne Wärme … Manchmal, besonders nachts, wenn es draußen goss und Blitze einschlugen, musste sich die Frau geradezu zwingen, nicht auf den Balkon zu gehen und den Kohlkopf abzuschneiden, ihr Tröpfchen zu nehmen, ihm ein Tröpfchen heißer Milch einzuflößen und es ins warme Bett zu legen … Stattdessen lief sie auf die Straße in den Regen und blieb dort stehen, um Tröpfchen zu zeigen, dass Regen und Blitz nichts Schreckliches sind. Und sie dachte immer daran, dass ihr der Einsiedler nicht umsonst begegnet war und ihr nicht umsonst befohlen hatte, Tröpfchen dorthin zurückzubringen, wo sie hergekommen war.

So begann der Herbst. In den Läden gab es schon den ersten guten, festen Kohl, doch die Frau hatte noch nicht das Herz, auf den Balkon zu gehen. Sie fürchtete, sie würde dort gar nichts finden. Oder eine verwelkte Kohlpflanze – und darin nur einen roten Seidenfetzen, das Kleid des unglücklichen Tröpfchens, das sie eigenhändig umgebracht hatte, wie einst ihr ungeborenes Kind …

Eines Morgens fiel der erste Schnee. Er fiel für die Herbstzeit sehr früh. Die arme Frau sah aus dem Fenster, erschrak und wollte die Balkontür öffnen.

Und wie die Tür knarrte, hörte die Frau vom Balkon her ein erschrockenes Miauen, quäkend und aufdringlich.

»Eine Katze! Eine Katze auf dem Balkon!« Die arme Frau war ganz außer sich bei dem Gedanken, dass die Nachbarkatze auf dem Balkon saß. Denn die Leidenschaft der Katzen für alles, was klein ist und sich bewegt, ist allgemein bekannt.

Schließlich gab die Balkontür nach, und die Frau hopste gleich in Hausschuhen in den Schnee.

Im Kochtopf saß ein prächtiger, riesiger Kohlkopf, kraus wie eine Rose, und obenauf lag auf unzähligen Blättern ein hässlicher, magerer Säugling, rot, mit schuppiger dünner Haut. Der Säugling miaute mit zusammengekniffenen Augenlidern, verschluckte sich, seine zusammengepressten Fäustchen zitterten, die hellroten Fersen, die die Größe einer Johannisbeere hatten, zuckten ... Das war noch nicht alles – auf dem kahlen Kopf des Kindes klebte ein roter Seidenfetzen.

»Und wo ist Tröpfchen?«, überlegte die Frau und trug den Kohlkopf mit dem Kind ins Zimmer. »Wo ist mein Mädchen?«

Sie legte das weinende Kind auf dem Fensterbrett ab und begann, den Kohlkopf Blatt für Blatt abzusuchen, doch Tröpfchen war nirgends.

»Und wer hat mir diesen Säugling hineingelegt?«, dachte sie. »Da will sich einer über mich lustig machen ... Wie kommt das Kind hierher? Wohin mit ihm? So ein riesiger Brocken ... Will mir jemand unterschieben ... Tröpfchen haben sie weggenommen, und die hier wollen sie mir unterschieben ...«

Dem Kind war offensichtlich kalt, seine dünne Haut wurde blau, es weinte immer kläglicher.

Die Frau überlegte, dass dieses Riesenmädchen ja ganz

unschuldig sei, und nahm es auf den Arm, und vorsichtig, ohne es an sich zu drücken, trug sie es ins Badezimmer und hielt es unters warme Wasser, wusch es, rieb es ab und wickelte es in ein trockenes Handtuch.

Das neue Mädchen legte sie auf ihr Bett und deckte es mit einer warmen Decke zu, doch sie selbst nahm aus dem altertümlichen Schächtelchen die Bohnenhälfte und küsste und beweinte sie und dachte an ihr kleines verloren gegangenes Tröpfchen.

Es gab keinen Zweifel mehr, Tröpfchen war verschwunden, an ihrer statt war dieses riesige, hässliche, ungeheuerliche Geschöpf mit dem großen Kopf und den mageren Armen aufgetaucht, ein richtiger Säugling, ein völlig fremder ...

Die Frau weinte und weinte, und plötzlich hielt sie inne: Ihr schien, dass das Kind nicht mehr atmete. Sollte auch dieses Mädchen umgekommen sein? Um Gottes willen, sollte es sich auf dem Fensterbrett erkältet haben, als sie den Kohlkopf absuchte?

Doch der Säugling schlief fest mit zusammengekniffenen Augen, von niemandem gebraucht und wirklich hässlich, jämmerlich und hilflos. Die Frau überlegte, dass niemand da war, der das Kind stillen könnte, und nahm es auf den Arm.

Und plötzlich war es, als stoße etwas von innen gegen ihre Brust.

Und wie alle Mütter der Welt knöpfte sie ihre Bluse auf und legte das Kind an.

Nachdem die Mutter ihr Mädchen gestillt hatte, legte sie es schlafen, selbst aber ließ sie Wasser in den Krug laufen, goss den Kohlkopf und stellte ihn zum Wachsen aufs Fensterbrett.

Mit der Zeit fing der Kohlkopf zu wuchern an, bekam

lange Triebe und kleine weiße Blüten, und als die Zeit herangereift war und das kleine Mädchen auf seinen schwachen Beinchen losrannte, wackelte es zuallererst zum Fenster und zeigte lachend auf die langen Triebe der Kohlkopfmutter.

MARIANNES GEHEIMNIS

Es war einmal ein sehr dickes Mädchen, das nicht ins Taxi passte. In der Metro nahm sie die gesamte Breite der Rolltreppe ein.

Sie saß auf drei Stühlen, schlief auf zwei Betten und trat im Zirkus als Gewichtheberin auf.

Sie war ein sehr trübseliges Mädchen, dabei sind viele dicke Leute glücklich!

Sie zeichnen sich durch eine sanfte Natur und ein gutes Herz aus, und überhaupt – die Menschen mögen dicke Leute. Unsere dicke Marianne aber barg ein Geheimnis: Nur nachts, wenn sie sich in ihrem Hotelzimmer befand (es handelte sich um einen Wanderzirkus), wo für sie wie immer drei Stühle und zwei Betten zusammengeschoben wurden, nur nachts war sie sie selbst, das heißt, sie verwandelte sich in zwei sehr hübsche Mädchen von normaler Statur, die traurig zu tanzen anfingen.

Das Geheimnis von Marianne bestand darin, dass sie vor einiger Zeit auf der Bühne als Zwillingsmädchen von ungewöhnlicher Schönheit getanzt hatte, wobei die eine zur besseren Unterscheidung goldblonde Haare besaß und die zweite kohlrabenschwarze Locken, sodass die Zuschauer genau wussten, wem sie welche Blumen geben mussten.

Natürlich verliebte sich in die Blonde ein Zauberer, die andere Schwester aber, die schwarz gelockte, wollte er in einen elektrischen Pfeifkessel verwandeln, damit dieser Kessel das junge Paar überallhin begleitete und mit seinem Zischen und Pfeifen immer daran erinnerte, dass die schwarze Schwester den Zauberer nicht riechen konnte und der Braut ständig von einer näheren Bekanntschaft mit ihm abgeraten hatte.

Als der Zauberer mit seinem Stock die Unglückliche gerade berühren wollte, blies sich die Blonde so sehr auf, dass sie ganz rot wurde, ins Schwitzen kam und nicht schlechter als ein Teekessel zu zischen und zu brodeln anfing. Der Zauberer sah ein, dass er seinen Plan vergessen konnte.

»Solche Weiber«, sagte er (er war bereits siebzehnmal verheiratet gewesen und wusste, wovon er sprach), »solche Weiber sind schlimmer als ein Teekessel. Einen Kessel kann man abstellen, ein brodelndes Weib aber nicht.«

Er beschloss, das geräuschvolle Schwesternpaar zu bestrafen.

Das Ganze spielte sich hinter den Kulissen im Korridor des Theaters ab, wo er sie gleich nach ihrem Auftritt abfing, um der Blondine einen Heiratsantrag zu machen. Darin war er Meister, es geschah ja nicht zum ersten Mal.

Aber wenn ihm etwas, was er sich in den Kopf gesetzt hatte, nicht gleich glückte, verlor er sofort das Interesse, gähnte und schmiss alles auf halber Strecke hin.

In Gedanken verwandelte er seine Nicht-Bräute und Nicht-Frauen in alles, was ihm in den Kopf kam: in Trauerweiden, Wasserhähne, Springbrunnen.

Ihm gefiel, wenn sie ihr restliches Leben weinen mussten.

»Ihr werdet noch heulen«, sagte er und stellte sich den Schwestern im engen Korridor, auf dem die Artisten hin- und herliefen, in den Weg.

»Wirklich?«, entgegneten die Schwestern. »Weißt du auch, dass die Fee Brotbutter bei unserer Geburt zugegen war und gesagt hat, dass derjenige, dessentwegen wir weinen müssen, sich in eine Kuh verwandelt! Und er wird fünfmal am Tag gemolken! Und muss sein ganzes Leben im Mist stehen!«

»Da habe ich viele Möglichkeiten«, lachte der Zauberer, »erstens kann ich zaubern, dass ihr ewig trockene Augen habt! Nummer eins! Und zweitens, und zweitens werdet ihr einander niemals wiedersehen! Wenn ihr so gemein seid!«

Aber die Schwestern wandten ein: »Die Fee Brotbutter hat auch das vorweggesehen. Sie sagte, wer uns trennt, der verwandelt sich in eine Durchfallbakterie und muss sein ganzes Leben unter den fürchterlichsten Bedingungen in Krankenhäusern zubringen!«

»Noch besser«, rief der Unglücksbräutigam, »dann werde ich euch für immer vereinen, so soll es sein. So seid ihr immer zusammen. Und die Fee Brotbutter wird zufrieden sein. Wenn es euch nur nicht (und da kicherte er leise) auseinanderreißt. Doch in diesem Fall beneide ich weder euch noch die zukünftige Durchfallbakterie.«

Da sagten die Zwillinge: »Das klappt nicht! Brotbutter hat gezaubert, dass wir zwei Stunden am Tag unter allen Umständen und bei jedem Wetter zusammen tanzen müssen!«

Der Zauberer überlegte eine Weile und antwortete: »Na, das ist kein Problem. Einmal am Tag geht. Wenn euch niemand sieht, werdet ihr zwei Stunden am Tag tanzen und euch in bitterer Einsamkeit die Haare raufen!«

Da erbleichten die Zwillinge, fielen sich um den Hals und verabschiedeten sich voneinander – aber weinen konnten sie nicht mehr.

Der Zauberer tippte sie grinsend mit seinem Zauberstab an, und im nächsten Augenblick stand vor ihm ein Mädchenberg, bleich und erschrocken, mit einer Brust wie ein Kissen, einem Rücken wie eine Luftmatratze, einem Bauch wie ein Sack Kartoffeln.

Schnaufend kroch das Mädchen zum Spiegel, stöhnte auf und fiel in Ohnmacht.

»Nun habt ihr den Schlamassel«, sagte der Zauberer traurig und verschwand.

Warum traurig? Weil das Leben sich ihm immer nur von der schlechten Seite zeigte, obwohl er zaubern konnte.

Richtiger gesagt, er hatte überhaupt kein Leben.

Niemand liebte ihn, nicht einmal Papa und Mama, die er deshalb in seine Hausschuhe verwandelt hatte.

Und diese Hausschuhe gingen ihm natürlich ständig verloren.

Der Zauberer rächte sich an allen, die ihn nicht leiden konnten, er machte sich lustig über die armen, schutzlosen menschlichen Wesen, und diese wiederum zahlten ihm das mit Angst und Hass heim.

Der Zauberer hatte alles – Paläste, Flugzeuge und Schiffe –, aber die Menschen liebten ihn nicht.

Wenn sich möglicherweise eine Seele gefunden und sich um ihn gekümmert hätte, dann hätte er gestrahlt wie die Kupferpfanne einer fleißigen Hausfrau.

An dieser Stelle wollen wir den Zauberer verlassen, er wandert irgendwo auf der weiten Welt herum. Unsere Dicke aber war nach der Verwandlung noch am selben Abend von der Wache aus dem Theater hinauskomplimentiert worden, sie konnte nicht einmal mehr die Tasche mit dem Geld holen, die den beiden Schwestern gehörte: Wer war sie denn, dass sie einfach anderer Leute Taschen nehmen wollte!

Marianne (ehemals Maria und Anne) verhungerte beinahe in der ersten Zeit: Sie konnte nicht mehr tanzen und Geld verdienen, und wer gibt so einer Dicken schon Almosen?

Ein beleibter Bettler muss auf der Stelle an einem abgeschiedenen Plätzchen abmagern.

Und er wird abmagern, das versichere ich Ihnen.

Unsere Marianne aber konnte gar nicht dünner werden, auch wenn sie überhaupt nichts gegessen hätte – dafür konnte sie sich beim Zauberer bedanken.

Übrigens scheinen viele dicke Leute verzaubert zu sein: Wie sie auch hungern, sie kommen immer wieder auf ihr altes Gewicht zurück, als seien sie verwunschen!

Unsere Marianne wurde also nie wieder zum Paartanzen eingestellt. Erstens, wie soll ein einzelnes Mädchen Paartanz machen? Zweitens, sie war viel zu dick. Und drittens, niemand kannte sie, und wie jeder weiß, kommt man zum Ballett und zur Bühne nur über Beziehungen.

Aber in der Nacht, wenn Marianne allein war, verwandelte sie sich in zwei sehr schlanke Ballerinen und tanzte, vor Schwäche stolpernd, Charleston, Rock 'n' Roll und den Pas de deux aus *Dornröschen*. Und niemand sah sie dabei, so, wie es der Zauberer vorhergesagt hatte.

Schließlich fand sie eine Lösung, wie sie ihre Lage verbessern konnte: Sie ging zum Zirkus und schlug dem Direktor folgende Attraktion vor: das Aufessen eines gebratenen Ochsen innerhalb von zehn Minuten.

Die Idee gefiel der Zirkusdirektion, und es wurde eine Probe angesetzt, auf der die hungrige Marianne den Ochsen in viereinhalb Minuten auffraß!

Der Ochse war allerdings klein und mager, die Direktion wollte keine großen Ausgaben riskieren.

Als sie den Ochsen verspeist hatte, spürte Marianne Kräfte in sich wachsen, und sie hob zum Spaß den Direktor und den Verwalter hoch, jeden mit einem kleinen Finger, und trug sie durch die Manege.

Auf der Stelle wurde ein Vertrag mit der »stärksten Frau der Welt und dem Champion der Tumbu-Tumbu-Inseln« abgeschlossen.

Was den Ochsen betraf, so wurde er gar nicht mehr erwähnt, er wäre dem Zirkus zu teuer gekommen.

Nun hob Marianne allabendlich ein Pferd mit Wagen hoch, eine Dampflok und, zum krönenden Abschluss, die gesamte erste Zuschauerreihe samt Bestuhlung.

Nur unter diesen Bedingungen legten die Leute Geld hin, in der Kunst muss man das Publikum in Erstaunen versetzen, sonst verreckt man.

Ganz atemlos ging sie nach der Arbeit in ein Restaurant, wo sie einen gebratenen Hammel aß, eine ganze Kanne Milch trank und dann, ohne zu zahlen, in ihr Hotel fuhr.

Ihr Abendessen war ein Reklametrick des Restaurants. Hier versammelten sich Mariannes Fans, die Wetten abschlossen, in wie viel Minuten sie es schaffte, den Hammel aufzufressen.

Genauso fröhlich verliefen ihre Kleidereinkäufe – die Schneider nähten für Marianne und luden zur Anprobe das Fernsehen ein und engagierten auch noch Fotografen: Hier seht ihr Marianne davor – und hier danach. Schaut, wie das Kleid sie schlanker macht!

In den Zeitschriften wurden Fotos von der fröhlichen Dicken mit dem hübschen Frätzchen abgedruckt – wegen der Verdopplung war natürlich ihre Nase größer geworden, die Augen waren einfach riesig und die Zähne so kräftig und weiß, dass sich alle Zahnpasta- und Zahnbürstenhersteller auf sie stürzten und sie anflehten, Reklame für ihre Produkte zu machen!

Das heißt, sie wurde wohlhabender, als sie je war.

Ihre eigenen, nächtlichen Tänze, die sie sich selbst aufgebürdet hatte, als sie sich für den leichtgläubigen Zauberer die Fee Brotbutter ausgedacht hatte, ermüdeten sie jetzt sehr.

Sie hatte ja beinahe schon vergessen, dass zwei Seelen in ihr wohnten, diese Seelen schwiegen und weinten ohne Tränen im dunklen Gefängnis, zu dem der mächtige Körper von Marianne geworden war, an ihrer statt wuchs eine völlig neue Seele – eine fremde, dicke und verfressene, frech und fröhlich, gierig und rücksichtslos, scharfsinnig, wenn es um Vorteile ging, und grimmig, wenn ihr alles egal war.

Es ist schließlich kein Geheimnis, dass in einem Menschen manchmal die frühere Seele verschwindet und sich eine neue herausbildet, vor allem wenn viel Geld ins Portemonnaie kommt.

Mariannes neue Seele wusste sehr gut, welche Journalisten sie vor dem Interview zum Mittagessen einladen musste und wann sie in den Club der unterdrückten Dicken zu gehen hatte und wann den Waisenkindern Firmengeschenke zu überreichen waren.

Tänze interessierten sie nicht mehr. Diese zwei Seelen, die das Recht hatten, für zwei Stunden in der Nacht zu erwachen, brachten ihre Lebensordnung durcheinander, sie kannten die Pläne für den nächsten Tag nicht, wussten nicht, dass das Flugzeug früh um sechs Uhr losflog, und konnten Gewinne und Verluste nicht ausrechnen. Dafür erinnerten sie sich an den unpassendsten Stellen an die Heimat, an Vater und Mutter, an alles, was auf immer verloren schien – womit sie die vorgesehene Nachtruhe störten.

Besonders kompliziert wurde es, als Marianne einen Bräutigam bekam, einen blassen jungen Mann mit dem Namen Waldemar, der sofort die Buchhaltung und alle Verhandlungen übernahm.

Ihn störte es, dass Marianne jeden Abend für zwei Stunden verschwand und, wenn sie wiederkam, aussah wie ein abgehetztes Pferd, sich nicht mal mit ihm unterhalten wollte und das Telefon abstellte.

Er begriff nicht, wofür diese zwei Stunden gut sein sollten, und machte Marianne jedes Mal eine Riesenszene. Marianne liebte ihn und teilte ihm ein großes Gehalt zu, außerdem beschäftigte sie seine Schwester Nelly, aber über die zwei Stunden konnte sie ihm nichts berichten.

Eines Tages verkündete ihr Nelly, Waldemar habe mit einer gigantischen Reklamegesellschaft einen Vertrag über eine Abmagerungskur abgeschlossen: Es handle sich um zwei Firmen, die sich mit Schönheitsoperationen und mit speziellen Diätprogrammen befassten.

Wobei die beiden Firmen ihr persönlich ein riesiges Honorar zahlen würden!

Solch eine Chance dürfe man sich nicht entgehen lassen, sagte Nelly. Waldemar sei gerade auf Dienstreise in den beiden Amerikas und käme gerade rechtzeitig zum Finale zurück, um eine verjüngte, schlanke Braut vorzufinden.

»Toll, dann kann ich wieder tanzen«, sagte Marianne, die vergessen hatte, dass im Falle einer Abmagerung ihre beiden Seelen vor Schwäche sterben würden.

Nelly erklärte, sie gehe auch in diese Klinik und lasse sich ebenfalls verjüngen und an ihrem Gesicht etwas basteln.

»So müssen Sie nicht allein leiden«, lachte die für gewöhnlich finstere Nelly.

Marianne wurde in die Klinik gebracht, wo erfahrene Chirurgen sie von allen Seiten fotografierten und diese Fotos für die spätere Sensationsmeldung aufhoben. Marianne wurde nach unten geführt, immer tiefer und schließlich in einem Zimmer eingeschlossen, mit allem Komfort, dafür ohne Fenster.

Marianne verstand überhaupt nichts, sie wollte telefonieren, doch es gab kein Telefon, sie klopfte an die Tür, aber es kam niemand.

Sie klopfte hartnäckiger, sie hämmerte an die Tür, bis ihre Hände bluteten, alles umsonst.

Mit blutigen Händen sank sie auf den Boden und verstummte, doch plötzlich hörte sie von Weitem Musik, wie immer vor den Tänzen, und auf einmal erblickte sie ihre schmale Schwester Anne, verwandelte sich selbst in Maria und drehte sich mit ihrer Schwester im Kreis.

Offenbar war es Nacht, und die melancholischen Mädchen tanzten mit blutiggeschlagenen Händen.

Sie erzählten einander, was sie schon lange vermuteten. Offenbar sei dies das Ende, offenbar wolle Waldemar sich seiner Braut entledigen, um an ihr Geld ranzukommen, die Klinik sei bestimmt nur eine Falle.

Doch kaum war der Tanz zu Ende, verschlang die dicke Marianne gierig das Mittagessen, das plötzlich auf dem Fußboden stand.

Nach dem Essen verspürte sie eine große Schläfrigkeit, sie konnte gerade noch mutmaßen, dass das Essen vergiftet war, und fiel da nieder, wo sie stand, vor dem Wandschrank.

Als sie wieder zu sich kam, beschloss sie, um ihr Leben zu kämpfen, nie wieder etwas zu essen, sondern nur Leitungswasser zu trinken. Aber Sie kennen ja die Dicken, sie kommen keine Stunde ohne Essen aus, und so musste Marianne wieder das essen, was auf dem Fußboden stand, einen Topf fetter Suppe mit Fleischknochen.

Worauf sie förmlich auf das Bett krachte und wie bewusstlos dalag, bis die Musik ertönte, die die nächtlichen Tänze ankündigte.

Maria und Anne tanzten mit großer Anstrengung einen schwerfälligen, langsamen Walzer, einen Abschiedswalzer, denn es war klar, die dicke Marianne sollte vergiftet werden. Einen großen Teil der Zeit sprachen die Schwestern vom Tod, sie beteten und weinten ohne Tränen, sie verabschiedeten sich voneinander, erinnerten sich an ihre Kindheit, an Papa, der so früh gegangen, an Mama, die dem Vater gefolgt war und ihre Kinder allein zurückgelassen hatte.

Dorthin, in unbekannte Gefilde, führte nun auch der Weg der beiden Schwestern.

Am nächsten Tag konnte Marianne nicht einmal mehr aufstehen und zum Wasserhahn gehen.

Sie lag da, niedergedrückt von ihrem mächtigen Gewicht, und redete leise mit verschiedenen Stimmen, wobei eine Stimme klagend und vorwurfsvoll war, die andere gut und zärtlich.

»Hättest du den Zauberer geheiratet, dann wäre uns das alles erspart geblieben.«

»Klar, und du würdest jetzt als Teekessel vor dich hin pfeifen.«

»Mensch, wir hätten den Zauberer doch überredet! Und außerdem, besser als Teekessel leben als im Gefängnis sterben!«

»Reg dich nicht auf«, entgegnete die andere, gute und zärtliche Stimme, »bald bringen uns die Engel zu Papa und Mama.«

»Wir brauchen nichts«, jammerte Marianne, »kein Geld, keinen Waldemar, wenn man uns wenigstens auf der Insel Man-Wan leben lässt!«

»Das wäre schön«, antwortete Marianne sich selbst.

Da geschah ein Wunder: Mit einem leisen Geräusch öffnete sich eine Wand, und die ungläubige Marianne verspürte einen feuchten, nächtlichen Hauch.

Ins Zimmer krochen Nebel und der Geruch von Jasmin und Flieder.

Mariannes Bett stieß mit dem Kopfteil an einen Heckenrosenstrauch, und die Blumen, rosa und klein, hingen über dem Kopfkissen.

Ungläubig und mit großer Mühe erhob sich Marianne, kroch in den Garten und plumpste in die Brennnesseln, wo ein Regen von Tau und Blättern auf sie fiel.

Mit ausgetrocknetem Mund leckte Marianne ihre feuchten Arme ab, sprang auf – die leise Musik ertönte bereits – und begann im Gebüsch zu tanzen, einen Libellen- oder einen Fliegentanz.

»Hast du begriffen? Wir sind im Paradies!«, rief Maria fröhlich.

»Oh, schon?«, weinte Anne ohne Tränen. »Und was ist mit meinem Leben? Ist es vorbei?«

Plötzlich wurden die beiden Ballerinen mit eisernem Griff gepackt. Es waren kleine Männchen ohne Flügel, in weißen Kleidern – eine normale Wache in Nachthemden, mit Pistolen bewaffnet.

Die Ballerinen wurden gefasst und gewaltsam weggeschleppt, obwohl sie sich nicht sträubten, nur Anne piepste: »Oh, das ist wohl doch nicht das Paradies.«

Die Gefangenen wurden offensichtlich durch eine Rosenhecke gezerrt, denn ihre Arme und Schultern waren blutig gekratzt, sodass sie, als sie in der Wachstube verhört wurden, einen wilden Anblick boten.

Es wurde ein Protokoll über unbefugtes Betreten der verbotenen Zone aufgestellt, dann wurden die Verhafteten gefragt, ob sie eine Strafe in Höhe von drei Millionen auf der Stelle bezahlen könnten, dann würde man sie freilassen.

»Wie denn?«, fragte die blonde Maria. »Wir kennen hier überhaupt niemanden, wir sind hier auf der Durchfahrt! Wir sind Tänzerinnen aus dem Ballett!«

»Mensch, sind Sie verrückt?«, schrie die schwarzhaarige Anne, »fangen ohne jeden Grund Leute ein! Wir werden uns beschweren!«

»Bitte! Wenn ihr kein Geld habt, dann werdet ihr zu lebenslanger Gefängnishaft verurteilt!«, sagte der Wächter bekümmert. »Habt ihr denn nicht mal zwei Millionen? Wir machen's auch billiger.«

Doch da passierte etwas Merkwürdiges: In das Wächterhäuschen drang der zweite Wachsoldat und krächzte: »Wer ist das? Das ist sie nicht! Ihr habt sie verpasst! Was habt ihr die ganze Zeit bloß gemacht? Nelly heult wie ein angestochenes Wildschwein! Eine Dicke muss es sein, und die hier ... Woher kommen diese zerlumpten Bügelbretter? Nelly ist auf dem Weg hierher!«

Und tatsächlich, in das Häuschen drang in Begleitung einer Ärztekommission eine Frau mit verbundenem Gesicht – offensichtlich direkt vom Operationstisch –, erkennen konnte man sie nur an der Stimme, tief und böse: »Wo? Wo ist sie? Das hier? Ihr wollt wohl ins Strafbataillon? Wofür habe ich euch engagiert? Sobald sie rauskommt, sofort schnappen und umbringen! Wen wollt ihr mir denn hier unterschieben?«

»Wir haben genau an der Stelle gestanden, wo die Wand sich geöffnet hat ... Und diese Affenschwänze ...«, verteidigte sich der Wachsoldat. »Weiter war niemand da.«

»Was soll das heißen, du Bandit! Was soll das heißen? Ich schicke dich nach Man-Wan! Hast du etwa vergessen, wie deine Strafe lautet? Waldemar hat alles für dich getan, hat dich vor dem Galgen gerettet! Und du? Nichtsnutz! Kämmt den ganzen Garten durch! Und die beiden bringt in verschiedene Zimmer und verhört sie, vielleicht haben sie was gesehen.«

Und damit schwebte Nelly mit ihrer ärztlichen Gefolgschaft davon.

Im Zimmer blieb der Chef der Wache zurück, der die Millionen haben wollte.

Mit einem süßen Lächeln sagte er: »Ihr erzählt mir jetzt alles! Ich habe da meine Methoden ... Oho ... Ihr werdet noch gestehen, dass ihr die Dicke selbst umgebracht und aufgegessen habt ... roh. Eine andere Lösung gibt es nicht ... Und ihr werdet hingerichtet! Und wir kriegen drei Millionen für die Arbeit ... Meine Folter ist so schrecklich! Die werdet ihr jetzt genießen! Gesteht lieber gleich, damit ihr vor dem Galgen nicht noch leiden müsst ... Ihr habt sie doch aufgegessen?«

Aber offenbar waren in diesem Augenblick die zwei Stunden vorüber, denn Maria zog es unbändig zu Anne und umgekehrt. Der Wachsoldat aber stand genau zwischen ihnen.

»Was ist los mit euch?«, schrie er. »Wohin? Warum drückt ihr mich so? Stehen bleiben, oder ich schieße!«

Anne und Maria aber umschlangen ihn.

Da zog er sein Messer aus dem Gürtel und hackte blind auf sie ein.

Doch schon nach dem ersten Hieb fühlten die Mädchen, dass sie sich nicht mehr vereinen mussten.

Die zerkratzten, blutenden Ballerinen standen da und schauten einander an, der Wachsoldat aber war verschwunden.

»Weißt du, was passiert ist?«, heulte Anne erschüttert. »Das hat doch angeblich die Fee Brotbutter vorhergesagt! Wer versucht, uns auseinanderzuschneiden, der verwandelt sich in eine Durchfallbakterie!«

»Oh«, sagte Maria, »schnell weg, das fehlt uns noch, dass wir zu allem Unglück noch Durchfall kriegen!«

Erschüttert schauten sie auf den Boden, wo ihrer Vermutung nach eine schnurrbärtige, dicke Durchfallbakterie herumkriechen musste, und wichen langsam zurück.

Manchmal besiegt das eine Böse das andere Böse, und Minus mal Minus ergibt Plus.

Niemand hielt sie auf.

Sie rannten in den Garten, irrten lange durch nasse Sträucher, bis sie das Tor fanden, wo der zu allem bereite Wächter stand. »Rennen Sie schnell weg«, riefen die beiden ihm zu,

»da kommt eine dicke Tante mit einem Messer, sie wollte uns erstechen!«

»Eine Dicke?«, zuckte der Wächter zusammen und stürzte zum Telefon.

Anne und Maria schlüpften durchs Tor und waren in Freiheit.

Sie liefen, so schnell sie konnten, weg von dem verfluchten Ort. Lange rannten sie, bis sie zu dem altbekannten Bahnhof kamen.

Wohin soll ein Unbehauster sonst flüchten?

Auf dem Bahnhof schauten sich Anne und Maria Zeitschriften an, die auf dem Boden herumlagen, und erfuhren, dass am nächsten Tag die triumphale Rückkehr der dicken Marianne erwartet wurde, des berühmten Zirkusstars, die jetzt angeblich nur noch fünfzig Kilo wog statt hundert.

Neben dem Text war ein Foto der neuen Marianne abgedruckt (der Sekretärin Nelly wie aus dem Gesicht geschnitten, aber mit großen Zähnen und verbreiterten Augenlidern, wodurch sie etwas schieläugig aussah wie eine Bulldogge, doch was will man verlangen) und eine Reklame der wunderbaren Klinik, in der der Mensch innerhalb von drei Tagen ein neues Gesicht bekam und der Organismus durch eine ideale Ernährung mit Kräutern aufgefrischt wurde.

Es wurde mitgeteilt, Marianne verlasse den Zirkus und beginne ein neues Leben, denn sie könne keine Gewichte mehr stemmen und keinen Hammel mehr essen und sei nicht mehr die stärkste Frau der Welt und nicht mehr der Champion der Tumbu-Tumbu-Inseln.

Dafür habe sie eine Abmagerungsklinik gekauft und ein Institut für Kräuterernährung, in dem als Direktor ihr Mann Waldemar arbeite – sie seien schon lange verheiratet, hätten es aber verheimlicht, denn eine große Artistin dürfe keinem allein gehören. Mehr noch, die neue Marianne habe ein »Museum der dicken Marianne« gegründet, wo alle Sachen der Fettleibigen ausgestellt würden, darunter auch ihre Unterwäsche und Fotos mit ihrem Mann Waldemar.

Außerdem waren Bilder abgedruckt, die die allmähliche Verwandlung der dicken Marianne in die schlanke darstellten. Ganz offensichtlich eine Fälschung, wie Maria und Anne wussten: Was kann man nicht alles erreichen, wenn man Negative aufeinanderlegt und Fotos kunstvoll retuschiert!

In der Zeitung war auch ein Interview mit Waldemar abgedruckt, der dort im Familienauto »Rolls-King-Size-Royce« (angefertigt auf Bestellung der früheren Marianne, man konnte es schließlich nicht wegwerfen) vor einem neuen Palast und vor der Klinik abgebildet war, aus der die zwei Schwestern gerade geflohen waren.

»Wie klug er alles eingefädelt hat«, sagte Maria.

»Wie gut, dass wir ihm nie etwas von den Tänzen erzählt haben!«, sagte Anne. »Das haben wir dir zu verdanken. Du hast dich geschämt, dass der Bräutigam zwei Bräute hat.«

Sie standen schweigend auf dem zu dieser nächtlichen Stunde menschenleeren Bahnhof.

»Was sollen wir jetzt tun?«, fragte Anne.

»Tanzen«, sagte Maria.

»Kannst du dich noch an das Märchen *Aschenputtel* erinnern? Immer wenn man es schwer hat, soll man tanzen!«, sagte Anne.

Und sie nahmen die erste Position ein, flüsterten leise den Zaubersatz »Eins, zwei, drei, fallera« und begannen mit ihrem Tanz.

Gleich bildete sich um sie ein kleiner Kreis von Nachtschwärmern, Verkäufern und schlaflosen Reisenden mit Koffern, Taschen und Kindern, die alle fröhlich zu klatschen begannen und den beiden Mädchen Münzen hinwarfen.

Die Ballerinen sammelten das Geld schnell auf (wo ein Menschenauflauf ist, da ist auch Polizei mit Gummiknüppeln nicht weit), verließen ihre improvisierte Manege, kauften sich Fahrkarten für den nächsten Zug und fuhren weg aus der schrecklichen Stadt, wo sie dank ihrer Schönheit und ihres Talents so viele Abenteuer erleben mussten.

Bereits ein Jahr später glänzten die Schwestern Annemarie in der Nachbarstadt im teuersten Varieté mit ihrer großartigen Tanznummer, überall standen sie unter Personenschutz, der aus einem Alten in Generalsuniform bestand, sie hatten ein Haus am Meer und Verträge für alle Länder der Welt, einschließlich der unbekannten Insel Man-Wan.

Unter den Zuschauern konnte man übrigens oft den Zauberer entdecken, der ihnen Blumen, Perlenkronen und Pfauenfächer schickte, sein Geschmack war recht seltsam. Er fürchtete die Schwestern und ihre unsichtbare Beschützerin, die Fee Brotbutter, denn er hatte kapiert, dass sein eigener Fluch nicht in Erfüllung gegangen war.

Es gefiel ihm, die beiden aus der Ferne zu lieben, heimlich und ohne die Gefahr, einen Korb zu bekommen.

Zumal die unbekannte und gefährliche Brotbutter ihn noch für die früheren Streiche bestrafen konnte.

So merkwürdig es auch klingen mag, die beiden Mädchen bekamen oft Post von einem gewissen Waldemar.

Er schrieb, er habe sich auf den ersten Blick in Maria und Anne verliebt, er könne nicht einmal zwischen ihnen wählen und sei bereit, beide der Reihe nach zu heiraten.

Zurzeit allerdings befinde er sich noch in finanziellen Nöten, seine böse Frau Marianne habe ihn grausam bestohlen, das gesamte Vermögen sich selbst vermacht und sei spurlos verschwunden. In der Klinik, die er, Waldemar, leitete, habe sich eine bösartige Durchfallbakterie eingenistet, auf Befehl der Behörden musste die Klinik abgebrannt werden! Sodass er die beiden um Hilfe bitte – 30 Millionen mit einer Rückzahlungsfrist von 49 Jahren.

Und jedem Brief waren Fotos von Waldemar beigefügt – in Badehose, im Smoking auf einem Ball, im Rollkragenpullover beim Lesen und dann noch mit Ledermantel und Hut vor den rauchenden Ruinen der Klinik, mit einem traurigen Lächeln auf dem bleichen Gesicht.

Allerdings lasen die beiden Schwestern die Briefe nicht, mit großem Interesse wurden sie dagegen vom Alten in Generalsuniform zur Kenntnis genommen. Nach der Lektüre legte er sie in eine Mappe, schrieb eine Nummer darauf und schob sie in ein Fach im Schrank. Wenn er sich einmal zur Ruhe setzt, so hoffte er, könne er einen Roman über die große Kraft der Liebe schreiben, mit dem Titel *Die Leiden des jungen W.* – mit Fotodokumenten.

DAS VERMÄCHTNIS DES
ALTEN MÖNCHS

Einmal stieg ein alter Mönch mit einer Sammelbüchse voll Kleingeld mühsam heim in sein Bergkloster.

Um dieses Kloster, das abgelegen war von allen Wegen, stand es schlecht. Das Wasser musste aus einem kleinen Fluss tief unten in der Schlucht geholt werden, das Essen bestand nur aus Brotkanten und trocknen Fladen, die die Mönche als Almosen in den geizigen und gottlosen Dörfern der Umgebung bekamen, und deshalb holten sie sich aus den Wäldern wilde Früchte und Nüsse, Beeren und Kräuter und sammelten Honig und Pilze.

In dieser Gegend wäre für die Mönche die Bewirtschaftung eines Gemüsegartens vergebliche Liebesmüh gewesen, ganz sicher hätte sich jemand gefunden, der nachts mit Spaten und Handwagen angeschlichen gekommen wäre und sich die reife Ernte geholt hätte – so standen die Dinge dort.

Deshalb waren die Bauern auch so grimmig zu Fremden und durchziehenden Bettlern (zu den Nachbarn ebenfalls). Sie verteidigten ihre Beete mit Gewehren, hielten familienweise Wache und vergruben das Gemüse möglichst im Keller.

Das arme Kloster, das unbewacht im tiefen Wald stand, wurde von Zeit zu Zeit heimgesucht, die jungen Leute aus der Gegend brauchten Geld zum Saufen, und so kamen die Mönche mit dem Geringsten aus – mit Blechdosen für Trinkwasser, einem Haufen Stroh zum Schlafen, Lindenbast zum Zudecken, den Honig aber und die Beeren und die anderen wilden Früchte hielten sie im Wald versteckt, in hohlen Baumstämmen, wie Eichhörnchen.

Sie heizten mit Reisig, da ihnen sogar Beil und Säge geraubt worden waren.

Genau genommen entsprach das auch den Grundsätzen der Mönche – nur auf dem Gottesacker arbeiten, nur für Ihn, und sich mit dem begnügen, womit auch die kleinsten Pflanzenfresser auskommen. Sie aßen weder Fisch noch Fleisch und priesen jeden Tag dieses kargen Lebens.

Doch sie brauchten Kleingeld für Kerzen und Öl für die selbst gemachten Heiligenlämpchen aus Blech oder für die Reparatur des Daches zum Beispiel, und manchmal mussten sie den Allerärmsten und Allerunglücklichsten helfen, ihnen etwa Medizin kaufen.

Damit die Ikonen nicht gestohlen wurden, malten die Mönche sie auf die frisch gekalkten Wände ihrer Kirche, und dies so wundervoll, dass es Versuche gab, die Fresken herauszuschlagen, aber dies erwies sich als vergeblich – denn welcher Räuber besäße die nötige Kenntnis und Umsicht und wäre wild auf solch eine schwere Arbeit?

Im Winter wurde es eiskalt. Der Reisig reichte nicht, frische Zweige jedoch wollten die Klosterbrüder nicht brechen. Aber Hunger und Kälte sind für einen Mönch kein Unglück, sondern etwas Gutes, zudem erholte sich das kleine Kloster in den Wintermonaten von den Räubern.

Wer stapft schon durch tiefen Schnee auf den Berg, in eine vereiste Kirche – obwohl, die Mönche läuteten jeden Morgen, nicht die Glocke zwar, die hatte man ihnen auch geklaut und als Buntmetall verkauft, sondern mit einem Eisenträger. Der war sehr alt, an ihm hatte früher die Glocke gehangen, und so viel die munteren Diebesgesellen auch die

Spitzhacke schwenkten, sie bekamen den Eisenträger nicht locker.

Gegen diesen Eisenträger schlugen die Mönche mit einem Brecheisen, das sie in weiser Voraussicht versteckt hielten, das war ihr einziges Instrument zur Verteidigung, zum Beispiel vor wilden Tieren, oder um Eisklumpen aus dem zugefrorenen Flüsschen herauszubrechen oder einen Pfad in den Fels zu schlagen.

Die Räuber aus der Umgebung waren auch nicht sonderlich scharf auf das Brecheisen, es gab keinen, der Lust hatte, es über die Berge zu schleppen, der Verkauf hätte sowieso nur ein paar Kopeken eingebracht.

So drang jeden Morgen das schwermütige Schlagen des Brecheisens gegen den Eisenträger in die umliegenden Dörfer, aber in dieser Gegend war keiner so dumm, zum Gebet hinauf zu klettern.

Wer ruft schon den Arzt zu einem Gesunden, wer repariert etwas, was heil ist, wozu sich vor Gott abmühen, wenn alles wunderbar läuft?

Totenmessen – auch Taufen oder an einem Feiertag eine Kerze anzünden –, daran gab's nichts zu rütteln, aber ohne allen Grund mit der Stirn auf den Fußboden fallen und mit den Armen wedeln, dazu war hier keiner bereit, mit einer großen Ausnahme – ein Dutzend schwerhörige alte Frauen und ein paar fromme Tanten, die sich wahrscheinlich langweilten. Außerdem kamen zu den Mönchen Leute, die Kummer hatten. Aber Leid geht vorüber, und ehe man sich's versieht, steht der Mensch schon wieder auf den Beinen.

Die Mönche beteten in der Kirche, sie beteten für alle Menschen, sie beteten sich von fremden Sünden frei.

Sie führten ein ruhiges, einträchtiges, schweigsames Leben, und der Klostervorsteher, der alte Trifon, trauerte am meisten darum, dass seine Zeit dem Ende entgegenging und es niemanden gab, der die Mönche weiter geführt hätte – kein anderer Klosterbewohner wollte die Leitung übernehmen, alle hielten sich für unwürdig, ja sie verurteilten jeden Gedanken an Macht über andere.

Der alte Trifon sprach die ganze Zeit mit Gott, und niemand störte ihn dabei, lediglich an Feiertagen.

Feiertage liebten die Leute in dieser Gegend, alle kamen anspaziert, schleppten sogar Wein und Essen mit und ließen sich wie die Zigeuner im Wald nieder, und die Mönche mussten hinterher lange aufräumen.

Außerdem war es üblich, Hochzeiten, Trauerfeiern und auch Taufen bei den Mönchen abzuhalten.

Allerdings machten die Leute diesen weiten Weg nicht gern – schon seit Langem wurde davon gesprochen, im Hauptdorf eine zweite Kirche zu errichten und dort die Toten aufzubahren und Taufen und Trauungen zu feiern – zu etwas anderem brauchte man eine Kirche ja nicht. Dann noch eine Kapelle zusammenzimmern und basta.

Unglücklicherweise musste dafür Geld ausgegeben werden, und Geld ausgeben, auch noch im Kollektiv, das mochten die Leute ganz und gar nicht, im Zusammenhang mit solch einer Kollekte kam es immer zu einer allgemeinen Klauerei.

So riefen sie manchmal Trifon zu sich herunter, und er kam, las die Totenmesse, hielt die Trauerfeier ab, und ging dann von Haus zu Haus und sammelte Almosen fürs Kloster.

Die Leute gaben dem heiligen Alten nur ungern etwas, sie verdächtigten ihn einer Sache, der sie sich selbst bezichtigten: sich auf fremde Kosten bereichern zu wollen.

Man kann nun nicht behaupten, dass die Leute im Tal Armut litten, ihre Geschäfte liefen nicht schlecht, es hatte schon lange keinen Krieg mehr gegeben, keinen Brand, keine Überschwemmung, Trockenheit, Seuche, das Vieh vermehrte sich, die Gärten gaben reiche Ernte, und die Weinfässer waren nie leer.

Was allerdings das Zusammenleben betraf, so war in dieser Hinsicht nicht alles zum Besten bestellt: Zum Beispiel konnten die Leute Kranke nicht leiden, sie konnten sie einfach nicht ertragen, sie hielten sie für Schmarotzer. Vor allem, wenn der Kranke ein Fremder war, nicht einer von ihnen – sagen wir, ein Nachbar oder ein entfernter Verwandter.

Die eigenen Leute ertrugen sie noch irgendwie, aber auch nicht besonders willig. Kaum war jemand krank, wurde ihm auch schon vorgeworfen, er sei selbst daran schuld. Medizin war teuer, der Arzt musste bezahlt werden, da war es besser, den Kranken mit Hausmitteln zu behandeln, er wurde zur Ader gelassen, und dann ab ins Dampfbad und tüchtig geschwitzt, manchmal wurde er auch einfach in den Wald gebracht und dort zurückgelassen. Es hieß, wer im Wald stirbt, kommt auf direktem Weg in den Himmel.

Zu diesen verlassenen Kranken kamen die Mönche, und brachten ins Kloster, wen sie konnten. Aber was vermochten sie einem Sterbenden schon zu geben – heißes Wasser mit getrockneten Beeren, einen Löffel Honig …

Die Menschen im Tal, in den Dörfern, hießen das nicht gut, ein strammes, einfältiges Gottesgeschöpf sieht nicht voraus, dass auch es eines Tages im Wald auf dem Moos landen kann und dort auf den Tod warten muss.

Der alte Trifon wanderte unermüdlich umher, ging bei Hitze wie bei Frost von Dorf zu Dorf, von Stadt zu Stadt, klein und ausgetrocknet, und flüsterte sein Gebet, und in seiner Büchse sammelte sich nur wenig Geld.

Übrigens, Bettler konnte man in dieser Gegend ebenfalls nicht riechen, und statt Almosen zu geben, quälte man sie mit spöttischen Fragen und Belehrungen.

Aber auf alle Fragen (ob er tatsächlich Mönch sei, ob der Bart fest genug klebe, ob er nicht ein verkleideter Zigeuner sei und den mit Blut und Schweiß verdienten Fünfer nicht gleich in die Kneipe trage und versaufe) antwortete Trifon wie aus einer anderen Welt, mit einem Gebet, einer Anspielung oder einem Scherz.

Die Spaßvögel aus der Gegend kamen sogar extra angerannt, um ihm zuzuhören, sie lachten zufrieden, wenn sie die Gebete vernahmen, so als wären Gebete ein toller Trick, sich rauszureden und zu rechtfertigen.

Der Mönch schlief auch gleich dort, wo er bettelte, in einer Kuhle, wie ein Hund, der mehrere Tage an ein und demselben Ort bleibt – und gleich am Abend des ersten Tages brachten ihm mitleidige Frauen (keine Familie ohne schwarzes Schaf) in ihren Schürzen, damit es keiner sah, ein Stückchen Brot, Früchte aus dem Garten und manchmal sogar ein Schälchen heißen Brei.

Einige deckten ihn zur Nacht zu, wenn er schlief, mit Sackleinen, vor allem bei Regen. Andere blieben neben ihm sitzen, um ihr Los zu bejammern und zu beten.

Einmal nahm solch eine Wanderung ins Tal, in die kleine Stadt, ein trauriges Ende – Trifon hatte kaum Geld zusammenbekommen, und außerdem hatten ihm nachts zwei Männer die Büchse mit den Almosen weggenommen – sie pressten ihn zu Boden, tasteten mit groben Händen unter seinem Rock, und als er sagte »Gott mit euch«, versetzten sie ihm einen Schlag gegen den Kopf, nahmen ihm die Sammelbüchse ab und verschwanden damit.

Trifon tat es um die Büchse leid, die der heilige Antonius, der frühere Klostervorsteher, kurz vor seinem Tod angefertigt hatte.

Während Trifon auf dem Boden lag, hörte er, wie die Diebe darum stritten, wer die Büchse öffnen dürfe, sie fiel herunter, das Kleingeld kullerte heraus, sie leuchteten mit dem Feuerzeug, sahen ihre armselige Beute, wurden wütend und kehrten zurück, um noch mehr aus dem Alten herauszuschütteln. Sie zerrten ihm die Kutte vom Leib, tasteten ihn ab, fanden noch immer nichts, traten ihn mit Füßen und verletzten ihn ernstlich.

Gegen Morgen, als Trifon zu sich kam, bemerkte er, dass die Kutte zerfetzt und die Büchse zertreten war. Er stand auf, sammelte das Kleingeld, das die Banditen verschmäht hatten, in seinen Handteller, legte es in einen Fetzen von der Kutte und knotete ihn zu, mit einem größeren Fetzen gürtete er sich und schleppte sich in diesem Aufzug, blutig und schmutzig, zum Fluss, um seine Wunden zu waschen.

Dort erkannten ihn frühmorgendliche Wäscherinnen. Sie erschraken, führten ihn zu einer gütigen Alten, und die pflegte ihn, nähte ihm ein neues Gewand aus Sackleinen und forderte ihn auf, die Stadt zu verlassen – hier könne ihm keiner Schutz bieten.

Die beiden Räuber waren in der ganzen Stadt bekannt, seit Langem schon machten sie die Straßen unsicher und raubten und mordeten, und niemand hielt sie auf, denn der Herr Papa des einen Räubers war Richter.

Der Richter hatte seinen Sohn verstoßen, weil er ihn zu Hause bestohlen hatte. Da beschloss dieser, Schande über den Vater zu bringen und ins Gefängnis zu gehen – wonach der Richter von seinem ehrenvollen Posten vertrieben worden wäre.

Aber der Vater wollte sich nicht von seiner Brotquelle trennen, und deshalb wurde die Weisung gegeben, dem Übermut des Sohnes keine Beachtung zu schenken. Es wurde beschlossen, sich von seinen Provokationen nicht beeindrucken zu lassen und ihn nicht zu verhaften.

Wo kein Richter ist, da geht der Tod um – und der Tod

ließ sich in der kleinen Stadt nieder. Übel Zugerichtete starben ohne Prozess und Untersuchung, auf der Straße oder im bekannten Paradieswald. Alle fürchteten die Wahrheit aufzudecken, keiner beschwerte sich über die Raubüberfälle und Diebstähle, denn die Kläger wurden verhaftet und aus der Stadt geschafft.

Der Mönch Trifon erfuhr alles Mögliche, als er im Haus der guten Alten auf dem Strohsack lag, sie erzählte ihm sogar, dass in der Nachbarschaft eine untröstliche Frau lebte, deren Mann sie erschlagen hatten, als er spätabends das kranke Kind zum Arzt in eine andere Stadt bringen wollte. Die Frau selbst hatte mit hohem Fieber zu Hause gelegen. Offenbar war dem Vater auf dem Weg das schreckliche Räuberduo begegnet. Weißer und Roter wurden sie genannt.

Bis zum Morgen hatte das kranke Kind neben der Leiche des Vaters geschrien, dann fand die Mutter die beiden, sie hatte nicht mehr länger auf den Vater und das Kind warten können, hatte sich mit letzter Kraft auf den Weg gemacht, der in die Nachbarstadt zum Krankenhaus führte.

Nachdem die Frau ihren erschlagenen Mann beerdigt hatte, war sie ganz auf sich gestellt, und das Kind wurde nicht wieder gesund. Die Frau setzte sich ausgerechnet vor das Stadtgericht und bettelte vor aller Augen um Almosen, aber die Leute hatten Angst, ihr Geld zu geben.

Als Trifon wieder aufstehen konnte, ging er zum Gerichtsgebäude, überließ seinen Bettelsack mit dem Kleingeld jener Frau und sagte:

»Morgen früh machst du dich mit deinem Kind auf Richtung Bergkloster, ihr geht den Weg, der über den Fluss führt. Am großen Stein werden wir uns begegnen, ich werde dort neben der jungen Tanne auf dem Rücken liegen. Zunächst werden zwei Männer bei mir sein, der Weiße und der

Rote, und in mir wird ein Messer stecken. Du musst dreißig Tage bei mir bleiben. Danach wird dein Kind gesund sein.«

Die junge Bettlerin presste das Säckchen mit den Geldstücken an die Brust und küsste den Saum des Mönchgewands.

Trifon aber zog durch die kleine Stadt und fand schließlich, was er suchte – eine Kneipe am Stadtrand.

Dort saßen die beiden Halunken in grellen Cowboyoutfits, der Weiße und der Rote, mit goldenen Ketten an allen nur möglichen Stellen, und um sie strichen die Schatten der Ermordeten. Das sah aber keiner außer dem Mönch.

Die Schatten der Ermordeten wanderten traurig und still umher – die kleinen Schatten der Kinder, die Schatten der Mädchen in Totenkleidern, mit kleinen Kränzen auf dem Kopf, und die gebeugten Schatten alter Menschen, von denen es viele gab.

Ruhelos flogen die Schatten zweier blutüberströmter Männer vorbei – die waren offensichtlich noch nicht beerdigt worden.

Die Räuber waren unzufrieden, ihre Gesichter voller Schwermut und Bosheit, denn nach Sonnenuntergang ging längst keiner mehr auf die Straße, und selbst wenn einer rausging, dann nur in Begleitung und mit Gewehren. Die Leute waren nicht dumm.

Die Letzten, die der Weiße und der Rote erschlagen hatten, waren zwei Männer gewesen – ein junger Mann war mit einem Arzt zu seiner in den Wehen liegenden Frau gerannt, über diesen Fall hatte dann die ganze Gegend getuschelt – das Kind, das am nächsten Morgen auf die Welt kam, wurde vaterlos geboren.

Das Unglück war, dass weder der Arzt noch sein Begleiter Geld bei sich hatten, und nun hatten die beiden Spitzbuben keine einzige Kopeke mehr.

Sie saßen und tranken in der Kneipe. Noch brachte man ihnen eine volle Karaffe Wein.

Sie wussten, dass die Leute nicht zulassen würden, dass sie am helllichten Tag die Zeche prellten, sie würden Krach schlagen, sie würden zusammenlaufen und die beiden möglicherweise verprügeln, ihnen alles Gold vom Hals und den Fingern reißen.

Und ehe die Wächter der Ordnung sich herbequemt hätten, wäre alles schon vorbei.

Die Anspannung in der Kneipe wuchs.

Um den Barkeeper hatte sich bereits ein Grüppchen zusammengedrängt – der riesige Koch, der grobe Kellner, aus unerfindlichen Gründen mit einem Hackebeil in der Hand, und der Stadttrottel, ein borstiger vierschrötiger Klotz mit kleinen Äuglein, großen Fäusten und breitem Lachen.

Die Leute dort mochten den Sohn des Richters nicht.

Der Mönch trat zu den beiden finsteren Kneipengästen und setzte sich direkt neben sie.

Er bestellte ein Glas Wein und sagte laut zum Kellner:

»Kannst du mir auf einen Goldtaler rausgeben? Ich bin auf dem Weg ins Kloster, ich überbringe meinen Brüdern eine gute Nachricht: Ein Sünder hat uns einen Topf Gold vermacht!«

Der Kellner war nicht dumm und wusste, dass Mönche allesamt Betrüger waren, angeblich waren sie arm, angeblich waren sie Bettler – aber da sah man ja, wie sie lebten! Wovon bloß, fragte sich.

Der Kellner lachte schief und sagte:

»Wechselgeld habe ich noch keins. Die Gäste zahlen nicht.«

»Ich kann warten, Gott schütze dich«, antwortete der Alte sanft.

Die beiden am Nachbartisch hatten das Gespräch mit angehört, vier Ohren wurden aufgesperrt, zehn Finger zur Faust geballt.

Als der Mönch aufstand, ohne sein Weinglas angerührt zu haben, ging der Kellner ihm nicht nach, denn das taten schon die beiden, die gerade, ohne zu bezahlen, die Karaffe leer getrunken hatten.

Im Vorbeigehen warfen sie dem Kellner zu:

»Du kriegst das Doppelte, aber erst morgen.«

Der Kellner zuckte mit den Schultern:

»Ich bin doch kein Idiot. Lasst ein Pfand da, dann könnt ihr gehen.«

Solange es hell war, begegneten Trifon Fußgänger, Fuhrwerke und Wagen. Er war eine recht bekannte Person in der Gegend, man grüßte ihn, und er segnete die Rücken der Vorübergehenden, aber keiner hatte Zeit, mit ihm über Gott zu palavern.

Die ganze Stadt sah, wie der Mönch sich auf den Weg machte, und die ganze Stadt wusste, dass der Mönch Gold bei sich trug, und zwar nicht selbst verdientes, sondern fremdes. Und dass der Mönch getrunken hatte, dass er eine ganze Karaffe ausgetrunken hatte, ohne zu bezahlen, wussten ebenfalls alle.

Und keiner rührte sich, als ihm die beiden Räuber frech und unverhohlen mit zehn Schritten Abstand folgten.

Die beiden liefen ihm mit begreiflichem Ärger nach – der Kellner in der Kneipe hatte ihnen gerade, bewaffnet mit dem Beil zum Fleischhacken, eine Goldkette und eine Uhr abgenommen.

Die ganze Stadt wusste, dass die beiden wieder in der Kneipe auftauchen würden, sobald es dunkel war.

Der Mönch aber würde als Bettler ins Kloster zurückkehren, dazu noch gedemütigt und geschlagen, geschah ihm ganz recht.

Aber alles kam anders.

Früh am Morgen ging die Frau aus der Stadt, auf den Schultern das Kind, das krank war und nicht gehen konnte.

Sie ging mit festen Schritten und trat nicht zur Seite, als ihr aus dem Wald zwei blutbefleckte Gestalten in Cowboy-outfits entgegenkamen.

Aus irgendeinem Grund blieb die Frau am Leben, und auf der Wache erschien der Sohn des Richters, um sich selbst anzuzeigen, er habe soeben den Mönch umgebracht und sein Freund habe nichts damit zu tun, sagte er.

Wie immer hörten sie ihm nicht zu, machten ein gelang-weiltes Gesicht, wandten sich ab und gingen zurück in ihre Büros.

Doch keiner wusste, dass zwischen der Frau und den bei-den Mördern dort, auf dem Weg, ein Gespräch stattgefun-den hatte.

Der eine hatte sich ihr in den Weg gestellt und gefragt:

»Wohin des Weges, junge Frau?«

»Auf mich wartet der Mönch Trifon«, hatte die Frau erblei-chend gesagt.

»Der Mönch?«, fragten beide und warfen sich einen Blick zu.

»Der Mönch Trifon, der immer um Almosen bettelt.«

»Er wartet nicht auf dich«, widersprach der Erste spöttisch und berührte mit der Hand die Brust der Frau. Unter seinen Fingernägeln klebte verkrustetes Blut.

»Doch, er wartet auf mich«, widersprach die Frau zurück-weichend und nahm das kranke Kind von den Schultern. »Er wartet auf mich am Fluss auf dem oberen Weg unter der jungen Tanne. Er liegt auf dem Rücken mit einem Messer in der Brust – dort, wo der große Stein ist.«

»Woher weißt du das?«, fragte der Erste dumpf.

»Er hat gesagt, dass ihr beide, der Weiße und der Rote, ihn

175

dort trefft ... am Stein. Und dass er dort mit einem Messer in der Brust liegen wird.« Da erriet die Frau, was geschehen war, doch sie brachte das, was sie sagen wollte, mit fester Stimme zu Ende: »Ihr werdet ihn dort ermorden, hat Trifon gesagt, und das Messer in der Brust stecken lassen.«

»Das hat er gesagt?«, fragte der Rote nervös lachend.

»Ja! Und er hat mir befohlen, dreißig Tage lang bei ihm zu bleiben. Und zu beten. Dann wird mein Kind gesund sein.«

Und sie stellte ihr Söhnchen auf, doch seine Beine knickten ein.

»Lebt wohl«, sagte die Frau, hob das Kind auf die Schultern und ging weiter.

Die beiden liefen, ohne einander anzusehen, in die Stadt.

Und sie blieben in ihrer Aussage so beharrlich, dass die Ordnungshüter zwei Tage später zum oberen Weg fuhren, um Beweismaterial zu sammeln. Doch sie fanden nichts.

Am großen Stein unter der jungen Tanne war nur ein Hügel aus trockener Erde, auf dem eine billige Kerze brannte.

Drei Mönche sprachen dort ein Gebet, eine todbleiche Frau saß bei ihnen und drückte ihr Kind an sich, und daneben kochten in einer Blechbüchse Pilze über dem Feuer.

Doch die beiden jungen Räuber blieben hartnäckig und forderten für sich die Todesstrafe, sie nannten den Ort und die Zeit der Tat und wiesen ihre Fingernägel vor, die vor Blut schwarz waren.

Mehr noch, sie zählten weitere einhundertdreiundzwanzig Verbrechen auf und führten die Polizei zum Aufkäufer der Sachen, die sie gestohlen hatten, aber der Mann behauptete, er kenne die beiden nicht, obwohl er gern bereit sei, für alle eine Flasche selbst gemachten Wein aus dem Keller zu holen.

Die Räuber wurden zum Teufel geschickt, und sie verschwanden aus der Stadt.

Mord und Diebstahl hatten ein Ende.

Einen Monat später kamen zwei Menschen in die Stadt – es war die Witwe, die am helllichten Tag durch die Straßen ging, und sie führte ihr Kind an der Hand. Es ging langsam neben ihr her, aber es war gesund und konnte gehen!

Sie gingen durch die Stadt, und die Frauen, die ihnen entgegenkamen, wendeten ihnen wie Sonnenblumen den Kopf zu und blieben lange so stehen.

»Der Junge kann gehen«, flüsterten sie.

Im selben Augenblick erfuhren die Mütter, Ehefrauen und Töchter von Kranken (und davon gab es in der Stadt nicht wenige) von dem Wunder, das geschehen war, und alle klopften an das Häuschen der Witwe, und allen erzählte sie das Gleiche – sie habe einen Monat mit dem Kind am Grab des heiligen Trifon verbracht, zufällig habe sie das Hemdchen ihres Sohnes an die Tanne gehängt, und im nächsten Augenblick habe er stehen können.

Einen Monat davor sei sie auf dem oberen Weg zum großen Stein gekommen und habe dort den auf dem Rücken liegenden sterbenden Mönch gefunden, mit einem Messer in der Brust (er hielt es mit der Hand fest). Er sei zu Bewusstsein gekommen und habe sie gesegnet, dann habe er sie gebeten, die Klosterbrüder zu rufen, habe sich von allen verabschiedet und befohlen, ihn gleich dort am Stein zu begraben.

Der Frau selbst habe er nichts weiter gesagt, doch sie habe sich an sein Vermächtnis erinnert, dass sie einen Monat bei ihm bleiben solle. Sie hatte Angst, dass die beiden Räuber kommen könnten, und sie machte jede Nacht Feuer, genau einen Monat lang, und dann wurde es Sommer, es war sehr heiß, und sie hängte das Hemdchen des Kindes an die Tanne – und der Junge stellte sich auf seine Beine.

Die ganze Stadt war wie von Sinnen – das Kind wurde von

Hand zu Hand gereicht, sie ließen es nicht selbst gehen. Ganze Prozessionen zogen über den oberen Weg, sie führten Kranke mit, alle wollten sie den heiligen Trifon um etwas bitten, um einen Bräutigam, um Reichtum, um die Entlassung aus dem Gefängnis oder auch um die Gottesstrafe für einen frech gewordenen Nachbarn.

Die Mönche aus dem Bergkloster errichteten eine Kapelle an Trifons Grab, die Leute kamen in Scharen herbei, der Bürgermeister der Stadt baute an Ort und Stelle ein Hotel für Gäste aus anderen Gegenden, der Verkauf von gesegnetem Wasser aus dem Fluss wurde aufgenommen, um die Tanne wurde ein Zaun errichtet, für den Eintritt Geld genommen, aber mit dem Kloster hatte das alles nichts zu tun. Die Mönche führten immer noch dasselbe Leben, sie aßen nichts und verteilten ihr ganzes Hab und Gut an die Armen.

Sehr bald stellte sich heraus, dass der alte Mönch nicht allen half, nur den ehrlichen, reinen, unglücklichen, vornehmlich Witwen mit Kindern. Aber es kamen alle, die etwas brauchten, der Strom wollte nicht abreißen – und außerdem, wer ist heutzutage nicht ehrlich, rein und unglücklich? Und welche Frau ist nicht Witwe und hat ein paar Kinder zu versorgen?

Die Zahl der Mönche ist übrigens gewachsen – erst waren es fünfzehn, inzwischen sind es siebzehn. Die beiden Neuen zeigen sich den Menschen nicht, sie beten Tag und Nacht in der Kapelle und wagen es nicht, den Weg nach unten zum Grab des Alten zu gehen, den sie ermordeten und der sie mit seinem Tod rettete.

DER SCHWARZE MANTEL

Ein Mädchen stand plötzlich im Winter an einem unbekannten Ort am Ende des Weges; mehr noch, sie hatte einen fremden schwarzen Mantel an.

Unter dem Mantel – sie schaute nach – trug sie einen Trainingsanzug.

An den Füßen hatte sie Lederturnschuhe.

Das Mädchen erinnerte sich nicht, wer sie war und wie sie hieß. Sie stand frierend auf einer unbekannten Chaussee, im Winter, gegen Abend.

Ringsum war Wald, es dunkelte.

Das Mädchen dachte, dass sie irgendwohin gehen müsse, denn der schwarze Mantel wärmte kein bisschen.

Sie ging die Straße auf und ab.

Im selben Augenblick tauchte ein Lastwagen hinter der Kurve auf. Das Mädchen hob die Hand, und der Lastwagen hielt. Der Fahrer öffnete die Tür. Im Fahrerhaus saß schon ein Passagier.

»Wohin willst du?«

Das Mädchen entgegnete das erstbeste, was ihr in den Sinn kam: »Und wohin wollen Sie?«

»Zur Bahnstation«, antwortete grinsend der Fahrer.

»Ich will auch zur Bahnstation.« (Sie erinnerte sich: Stimmt, wenn man sich im Wald verlaufen hat, muss man die nächste Station suchen.)

»Steig ein«, sagte der Fahrer, immer noch grinsend. »Dann fahren wir eben zum Bahnhof.«

»Ich passe nicht mehr rein«, sagte das Mädchen.

»Keine Bange«, sagte der Fahrer. »Mein Kamerad ist nur Haut und Knochen.«

Das Mädchen kletterte ins Fahrerhaus, und der Lastwagen fuhr los.

Der zweite Mann rückte mürrisch zur Seite.

Sein Gesicht war unter der heruntergezogenen Kapuze nicht zu sehen.

Sie rasten über die dunkle, dunkle Straße durch Schnee, der Fahrer grinste schweigend, das Mädchen schwieg ebenfalls, sie wollte nichts fragen, damit die beiden nicht merkten, dass sie alles vergessen hatte.

Schließlich erreichten sie einen beleuchteten Bahnsteig, das Mädchen kletterte hinaus, die Tür fiel hinter ihr zu, und der Lastwagen brauste los.

Das Mädchen stieg die Treppe zum Bahnsteig hoch, setzte sich in den nächsten Vorortzug, der kam, und fuhr ab.

Sie erinnerte sich, dass man eine Fahrkarte lösen musste, aber sie merkte, dass in den Manteltaschen kein Geld war, nur Streichhölzer, irgendein Zettel und ein Schlüssel.

Sie genierte sich zu fragen, wohin der Zug fuhr, es war auch niemand da, den sie hätte fragen können, der Wagen war völlig leer und schlecht beleuchtet.

Schließlich hielt der Zug und fuhr nicht weiter, das Mädchen musste aussteigen.

Offenbar war sie auf einem großen Bahnhof angekommen, zu dieser Stunde menschenleer, die Lichter gelöscht.

Ringsum war alles aufgewühlt, hässliche frische Gruben klafften, der Schnee hatte sie noch nicht zugedeckt.

Es gab nur einen einzigen Ausgang, einen Tunnel, und das Mädchen trat hinein.

Der Tunnel war dunkel, mit unebenem Boden, er führte nach unten, einzig von den weißen Kachelwänden ging Licht aus.

Das Mädchen lief leichtfüßig immer tiefer in den Tunnel, sie berührte kaum den Boden, sie rannte wie im Schlaf an Gruben, Spaten und merkwürdigen Tragbahren vorbei, offenbar wurde auch hier gebaut.

Dann war der Tunnel zu Ende, vor ihr lag eine Straße, und das Mädchen stieg schwer atmend an die Luft.

Die Straße war ebenfalls leer und halb zerstört.

In den Häusern brannte kein Licht, einige hatten nicht einmal Dächer und Fenster, nur Löcher, und in der Mitte des Fahrdamms versperrten provisorische Zäune den Weg: Dort war auch alles aufgebuddelt.

Das Mädchen stand frierend in ihrem schwarzen Mantel am Rand des Bürgersteigs.

Da fuhr plötzlich ein kleiner Lastwagen heran, der Fahrer öffnete die Tür: »Steig ein, ich bring dich nach Hause.«

Es war derselbe Lastwagen wie zuvor, und neben dem Fahrer saß der Mann im schwarzen Kapuzenmantel, den sie schon kannte.

Aber in der Zeit, in der sie sich nicht gesehen hatten, schien der Passagier dicker geworden zu sein, im Fahrerhaus war es jetzt sehr eng.

»Hier ist kein Platz mehr«, sagte das Mädchen, als sie einsteigen wollte.

Im tiefsten Innern war sie froh, dass sie auf wunderbare Weise ihre alten Bekannten wiedergetroffen hatte.

Es waren die einzigen ihr bekannten Menschen in der neuen, merkwürdigen Welt, in der sie jetzt lebte.

»Passt schon rein.« Der lustige Fahrer wandte ihr sein Gesicht zu und lachte.

Sie fand tatsächlich Platz. Es blieb sogar noch ein Zwischenraum zwischen ihr und dem finsteren Nachbarn, er erwies sich als ganz dünn, nur sein Mantel war so dick.

Das Mädchen dachte: Ich sage jetzt einfach, dass ich nichts mehr weiß.

Auch der Fahrer war sehr dünn, anderenfalls hätten sie in diesem engen Fahrerhaus des kleinen Lastwagens nicht so viel Platz gehabt.

Der Fahrer war sogar spindeldürr und hatte eine extreme Stupsnase, das heißt, er war grundhässlich, mit völlig kahlem Schädel, dabei aber sehr lustig: Er lachte unaufhörlich und bleckte seine Zähne.

Man kann sogar sagen, dass er die ganze Zeit mit aufgerissenem Mund lautlos lachte.

Der Mitfahrer versteckte noch immer sein Gesicht in den Falten der Kapuze und sprach kein einziges Wort.

Das Mädchen schwieg ebenfalls. Worüber sollte sie auch reden?

Sie fuhren über völlig leere und aufgegrabene nächtliche Straßen, die Leute schliefen bestimmt schon lange in ihren Häusern.

»Wo willst du hin?«, fragte der Spaßvogel, übers ganze Gesicht grinsend.

»Ich will nach Hause«, antwortete das Mädchen.

»Wo ist das?«, wollte der Fahrer lautlos lachend wissen.

»Also ... Bis zum Ende der Straße und dann nach rechts«, sagte das Mädchen unsicher.

»Und dann?«, fragte der Fahrer, der nicht aufhörte, die Zähne zu blecken.

»Dann immer geradeaus.«

So antwortete das Mädchen, im tiefsten Innern befürchtend, dass die beiden ihre Adresse wissen wollten.

Der Lastwagen fuhr völlig geräuschlos, obwohl die Straße entsetzlich war, voller Schlaglöcher.

»Wohin?«, fragte der Spaßvogel.

»Danke, hier«, sagte das Mädchen und machte die Tür auf.

»Und bezahlen?«, rief der Fahrer, der seinen lachenden Rachen unmäßig weit aufriss.

Das Mädchen kramte in den Manteltaschen und fand wieder nur den Zettel, die Streichhölzer und den Schlüssel.

»Ich habe kein Geld«, gestand sie.

»Wenn du kein Geld hast, hättest du nicht einsteigen dürfen«, lachte der Fahrer laut. »Das erste Mal haben wir nichts verlangt, das hat dir offensichtlich gefallen, was? Los, geh nach Hause und hol Geld. Oder wir fressen dich, wir sind dünn und hungrig, los! Stimmt's, unser Kopf ist leer?«, wandte er sich lachend an seinen Kameraden. »Wir ernähren uns von solchen wie dir. Das war natürlich ein Scherz.«

Sie stiegen alle drei auf einem Platz aus, auf dem verstreut noch offensichtlich unbewohnte Häuser standen, die wie neu aussahen.

Jedenfalls war kein Licht zu sehen.

Nur die Laternen brannten und beleuchteten die dunklen, toten Fenster.

Das Mädchen ging, immer noch auf etwas hoffend, bis zum allerletzten Haus und blieb stehen.

Ihre Begleiter blieben ebenfalls stehen.

»Ist es hier?«, fragte der lachende Fahrer.

»Vielleicht«, entgegnete scherzhaft das Mädchen und erstarrte vor Verlegenheit: Spätestens jetzt würden sie merken, dass sie alles vergessen hatte.

Sie gingen ins Haus und stiegen die dunkle Treppe hoch.

Zum Glück leuchteten die Laternen ins Fenster, sodass man die Stufen sehen konnte.

Im Treppenhaus war es totenstill.

Als sie irgendein Stockwerk erreicht hatten, holte das Mädchen vor der erstbesten Tür den Schlüssel aus der Manteltasche, und zu ihrer Verwunderung ließ er sich ganz leicht im Schloss drehen.

Der Flur war leer, sie gingen weiter, das erste Zimmer war ebenfalls leer, aber im zweiten lag ganz hinten in der Ecke ein Haufen mit merkwürdigem Krempel.

»Sie sehen selbst, ich habe kein Geld, nehmen Sie die Sachen«, sagte das Mädchen, an die Gäste gewandt.

Dabei sah sie, dass der Fahrer noch immer übers ganze Gesicht grinste und der Mann mit der Kapuze immer noch sein abgewandtes Gesicht versteckte.

»Und was sind das für Sachen?«, fragte der Fahrer.

»Meine, ich brauche sie nicht mehr«, antwortete das Mädchen.

»Meinst du?«, fragte der Fahrer.

»Bestimmt nicht«, sagte das Mädchen.

»Na gut«, entgegnete der Fahrer und beugte sich über den Haufen.

Mit dem anderen wühlte er darin herum, einiges davon steckten sie sogar in den Mund.

Das Mädchen aber wich langsam in den Flur zurück.

»Ich komme gleich wieder«, rief sie, als sie sah, dass die beiden die Köpfe hoben und ihr nachblickten.

Im Flur ging sie auf Zehenspitzen mit großen Schritten zur Tür und trat ins Treppenhaus.

Ihr Herz klopfte laut, es pochte in der trockenen Kehle.

Das Mädchen rang nach Luft.

»Was für ein Glück, dass mein Schlüssel in die erstbeste Wohnungstür gepasst hat«, dachte sie. »Niemand hat gemerkt, dass ich mich an nichts mehr erinnern kann.«

Sie ging ein Stockwerk tiefer und vernahm oben auf der Treppe schnelle Schritte.

Da kam sie auf die Idee, den Schlüssel noch einmal zu benutzen.

Und merkwürdig, wieder ging das Schloss auf, das sie probierte, das Mädchen schlüpfte in die Wohnung und schlug die Tür hinter sich zu.

Es war dunkel und still.

Niemand verfolgte sie, niemand klopfte, vielleicht waren die unbekannten Männer schon die Treppe hinuntergegangen, hatten die Sachen mitgenommen und ließen sie nun in Ruhe.

Jetzt konnte sie endlich über ihre Lage nachdenken.

In der Wohnung war es nicht sehr kalt, das war schon ein Plus.

Endlich hatte sie eine Zuflucht gefunden, wenn auch nur vorübergehend, und sie konnte sich in irgendeine Ecke legen.

Rücken und Nacken schmerzten vor Müdigkeit.

Das Mädchen lief leise durch die Wohnung, in die Fenster schien grell das Licht der Straßenlaternen, die Zimmer waren absolut leer.

Als sie jedoch durch die letzte Tür ging, fing ihr Herz laut zu klopfen an: In der Ecke lag ein Haufen fremder Sachen.

In der gleichen Ecke wie ein Stockwerk höher.

Das Mädchen blieb stehen und wartete, doch nichts geschah, da ging sie zu dem Haufen und setzte sich auf die Lumpen.

»Mensch, bist du verrückt?«, schrie eine dumpfe Stimme, und sie merkte, dass sich die Kleider unter ihr wie lebendig bewegten, wie Schlangen.

An der Seite kamen zwei Köpfe zum Vorschein und vier Arme, ihre beiden alten Bekannten wühlten sich eifrig durch den Haufen und kletterten schließlich heraus.

Das Mädchen rannte ins Treppenhaus.

Ihre Knie waren weich wie Watte.

Hinter ihrem Rücken lief jemand durch die Wohnung.

Da sah sie einen Lichtschein unter der nächsten Tür.

Wieder öffnete das Mädchen mit ihrem Schlüssel ganz leicht die gegenüberliegende Wohnungstür.

Vor ihr stand eine Frau auf der Schwelle, mit einem brennenden Streichholz in der Hand.

»Retten Sie mich um Himmels willen«, flüsterte das Mädchen.

Hinter ihrem Rücken war bereits ein leises Rascheln zu hören, so als krieche jemand über den Boden.

»Komm rein«, sagte die Frau und hielt das Streichholz hoch, das kurz vorm Verlöschen war.

Das Mädchen trat schnell ein und schloss die Tür hinter sich.

Im Treppenhaus war es still, als ob jemand stehen geblieben sei und überlege.

»Was dringst du nachts gewaltsam in fremde Wohnungen ein?«, fragte die Frau mit dem Streichholz grob.

»Lassen Sie uns weiter nach hinten gehen«, flüsterte das Mädchen, »irgendwohin, ich erkläre Ihnen alles.«

»Das kann ich nicht«, sagte die Frau sehr leise. »Das Streichholz wird unterwegs verlöschen. Wir kriegen nur zehn Stück.«

»Ich habe Streichhölzer«, sagte das Mädchen froh, »hier.«

Sie tastete nach der Schachtel in der Manteltasche und hielt sie der Frau hin.

»Zünde es selber an«, forderte die Frau.

Das Mädchen zündete ein Streichholz an, und beide gingen mit dem flackernden Licht durch den Flur.

»Wie viele hast du?«, fragte die Frau mit einem Blick auf die Schachtel.

Das Mädchen schüttelte die Streichhölzer.

»Nicht viele«, sagte die Frau. »Jetzt sicher nur noch neun.«

»Wie kommt man hier raus?«, flüsterte das Mädchen.

»Indem man aufwacht«, antwortete die Frau, »doch das gelingt nicht immer. Ich zum Beispiel wache nicht mehr auf. Meine Streichhölzer sind alle, Sense.«

Und sie lachte, wobei sie ihre großen Zähne entblößte. Sie lachte sehr leise, ja lautlos, als wolle sie einfach nur den Mund so weit wie möglich öffnen, wie beim Gähnen.

»Ich will aufwachen«, sagte das Mädchen. »Lassen Sie uns diesen schrecklichen Traum beenden.«

»Solange das Streichholz brennt, kannst du dich noch retten«, sagte die Frau. »Ich habe mein letztes gerade eben aufgebraucht, ich wollte dir helfen. Jetzt ist mir alles einerlei. Ich möchte sogar, dass du hierbleibst. Weißt du, es ist alles sehr einfach, du darfst bloß nicht atmen. Dann kannst du fliegen, wohin du willst. Du brauchst kein Licht, musst nicht essen. Der schwarze Mantel erlöst dich von allem Leid. Ich werde bald losfliegen und nachschauen, was meine Kinder machen. Sie waren ganz schön wild und haben mir nicht gehorcht. Einmal hat mein Jüngster mich angespuckt, als ich ihnen gesagt habe, dass der Papa nicht mehr kommt. Er hat geweint und gespuckt. Jetzt kann ich sie nicht mehr lieben. Und dann träume ich noch davon nachzuschauen, wie es meinem Mann und seiner Freundin geht. Sie sind mir jetzt ebenfalls ganz egal. Ich habe sehr viel begriffen. Ich war eine große Närrin!«

Und sie lachte wieder.

»Mit dem letzten Streichholz ist der Gedächtnisschwund vorbei. Jetzt kann ich mich wieder an mein ganzes Leben erinnern und glaube, dass ich im Unrecht war. Ich muss über mich lachen.«

Sie lachte tatsächlich übers ganze Gesicht, aber lautlos.

»Wo sind wir?«, fragte das Mädchen.

»Auf diese Frage gibt es keine Antwort, bald wirst du es selbst sehen. Es wird riechen.«

187

»Wer bin ich?«, fragte das Mädchen.

»Du wirst es erfahren.«

»Wann?«

»Wenn das zehnte Streichholz abgebrannt ist.«

Das Streichholz des Mädchens brannte bereits herunter.

»Solange ein Streichholz brennt, kannst du aufwachen. Aber ich weiß nicht, wie. Ich habe es nicht geschafft.«

»Wie heißt du?«, fragte das Mädchen.

»Mein Name wird bald mit Ölfarbe auf ein Eisenschild geschrieben. Und in einen kleinen Erdhügel gesteckt. Dann werde ich ihn lesen können. Die Farbbüchse und das Schild stehen schon bereit. Aber das weiß nur ich, die anderen haben noch keine Ahnung. Weder mein Mann noch seine Freundin noch meine Kinder. Wie öde das alles ist!«, sagte die Frau. »Bald fliege ich weg und sehe mich von oben.«

»Flieg nicht weg, ich bitte dich«, sagte das Mädchen. »Willst du meine Streichhölzer haben?«

Die Frau dachte nach und sagte: »Gut, eins nehme ich. Mir ist, als ob mich meine Kinder noch lieben. Als ob sie weinen. Als ob niemand auf der Welt sie haben will, weder ihr Vater noch seine neue Frau.«

Das Mädchen steckte ihre freie Hand in die Manteltasche und holte statt der Streichholzschachtel den Zettel heraus.

»Guck mal, was hier steht: ›Ich bitte niemandem die Schuld zu geben, Mama, verzeih.‹ Vorhin war der Zettel noch leer.«

»Ach, so hast du es geschrieben! Und ich habe geschrieben: ›Ich kann nicht mehr, Kinder, ich liebe euch.‹ Die Schrift ist erst vor Kurzem sichtbar geworden.«

Die Frau holte aus der Tasche ihres schwarzen Mantels ihren Zettel.

Sie las ihn und rief: »Guck mal, die Buchstaben lösen sich auf! Wahrscheinlich liest die Nachricht schon jemand! Den

Zettel hat schon jemand gefunden ... Der Buchstabe ›I‹ und der Buchstabe ›c‹ fehlen! Und der Buchstabe ›h‹ verschwindet gerade!«

Da fragte das Mädchen: »Weißt du, warum wir hier sind?«

»Ich weiß es. Aber ich sag's dir nicht. Du erfährst es noch früh genug. Du hast noch genug Streichhölzer.«

Da zog das Mädchen aus der Manteltasche die Schachtel und hielt sie der Frau hin. »Nimm sie alle! Aber sag es mir!«

Die Frau schüttete die Hälfte der Streichhölzer in ihre Hand und sagte: »Für wen hast du den Zettel geschrieben? Weißt du das noch?«

»Nein.«

»Zünde noch ein Streichholz an, das hier geht gleich aus. Mit jedem neuen Streichholz konnte ich mich an mehr erinnern.«

Da zündete das Mädchen vier Streichhölzer auf einmal an.

Plötzlich war vor ihr alles hell, und sie sah, wie sie auf einem Hocker unter der Glühbirne stand und auf dem Tisch der kleine Zettel lag: »Ich bitte niemandem die Schuld zu geben.« Draußen die nächtliche Stadt, und in dieser Stadt eine Wohnung, in der ihr Geliebter, ihr Bräutigam, lebte und nicht mehr ans Telefon ging ...

Das letzte Streichholz brannte ab, aber das Mädchen wollte allzu gern wissen, wer im Nachbarzimmer lag und schnarchte und stöhnte, während sie auf dem Hocker stand und ihren hauchdünnen Schal an die Rohrleitung an der Decke knotete ...

Wer schlief im Nachbarzimmer – und wer schlief nicht? Sondern lag da und schaute mit wunden Augen ins Leere und weinte ...

Wer?

Das Streichholz war fast abgebrannt.

Noch ein bisschen – und das Mädchen hatte alles begriffen.

Da nahm sie im fremden dunklen Haus, in der fremden Wohnung, ihren zerknüllten Zettel und zündete ihn an!

Und sie sah, dass dort, in dem anderen Leben, hinter der Wand, ihr Großvater schnarchte und neben ihm die Mutter auf der Campingliege lag, denn er war sehr krank und verlangte ständig zu trinken.

Aber es war noch jemand da, dessen Anwesenheit sie ganz deutlich spürte und der sie liebte – der Zettel in ihrer Hand brannte schnell ab.

Dieser Jemand stand still vor ihr und hatte Mitleid mit ihr und wollte sie stützen, aber sie konnte ihn nicht sehen und hören und wollte nicht mit ihm sprechen, ihr Herz tat weh, sie liebte ihren Bräutigam und nur ihn, weder Mutter noch Großvater noch den, der vor ihr stand in jener Nacht und sie zu trösten versuchte.

Und im letzten Augenblick, als die letzte Flamme verlosch, wollte sie plötzlich mit dem Menschen sprechen, der unter ihr stand und dessen Augen merkwürdigerweise auf der gleichen Höhe waren wie ihre.

Aber der kleine Zettel verlosch wie der Rest ihres Lebens im Zimmer mit der Glühbirne.

Da warf das Mädchen den schwarzen Mantel ab und berührte, sich die Finger verbrennend, mit der letzten kleinen Flamme den trockenen schwarzen Stoff.

Etwas knallte, es roch versengt, und hinter der Tür heulten zwei Stimmen auf.

»Zieh schnell deinen Mantel aus!«, schrie das Mädchen der Frau zu, aber die lächelte bereits sanft mit breitem, offenem Mund, in ihrer Hand brannte das letzte Streichholz ab ...

Da berührte das Mädchen, das sowohl hier, im dunklen Flur, vor dem rauchenden schwarzen Mantel, als auch dort, bei sich zu Hause, unter der Glühbirne stand, vor sich die zärtlichen, liebevollen Augen – sie berührte mit dem rauchenden Ärmel den schwarzen Ärmel der Frau, und da ertönte erneut ein zweistimmiges Heulen im Treppenhaus, von dem Mantel der Frau stieg stinkender Qualm auf, die Frau riss sich ihn in Panik vom Leib.

Und es verschwand alles ringsum.

Im selben Augenblick stand das Mädchen auf dem Hocker, mit dem Schal um den Hals, und blickte schluckend auf den Tisch, wo der Zettel lag. Sie sah rote Kreise.

Im Nachbarzimmer stöhnte und hustete es, und die verschlafene Stimme der Mutter sagte: »Komm trinken, Vater!«

Das Mädchen lockerte den Schal, so schnell sie konnte, löste mit unsicheren Fingern den Knoten am Rohr unter der Decke, sprang vom Hocker, zerknüllte den Zettel, warf sich aufs Bett und deckte sich zu.

Gerade zur rechten Zeit.

Geblendet vom Licht, schaute die Mutter ins Zimmer und sagte klagend: »Mein Gott, was für einen schrecklichen Traum ich hatte … Ein großer Klumpen Erde lag in der Ecke und Wurzeln guckten raus … Und deine Hand … Sie streckte sich mir entgegen, als wollte sie sagen, hilf mir … Warum schläfst du mit Schal, tut dir der Hals weh? Komm, ich decke dich zu, meine Kleine … Ich habe geweint im Traum …«

»Ach, Mama«, antwortete die Tochter wie immer. »Du mit deinen Träumen! Kannst du mich nicht wenigstens nachts in Ruhe lassen! Es ist drei Uhr!«

Und das Mädchen dachte, was wäre wohl mit ihrer Mutter passiert, wäre sie zehn Minuten früher aufgewacht …

Irgendwo am anderen Ende der Stadt spuckte eine Frau eine Handvoll Tabletten aus und spülte gründlich den Mund.

Dann ging sie ins Kinderzimmer, in dem ihre schon recht großen Söhne von zehn und zwölf Jahren schliefen, zog die verrutschten Decken zurecht und kniete nieder.